愛蜜の誘惑をあなたに

伯爵家のプライベートレッスン

JN266759

乙蜜ミルキィ文庫

愛蜜の誘惑をあなたに

伯爵家のプライベートレッスン

目次

第一章　愛の秘薬とカナリアの誘惑

マダム・セリネット……、とエメラインは口の中で呟《つぶや》いた。「セリネット」は「カナリア」を意味するフランス語だ。その呼び名のとおり、マダム・セリネットはカナリアが大好きなフランス人女性で、一人でいる時はいつもカナリアとともにすごしているという。

もっとも、エメラインの目的は美しい音色を響《ひび》かせる小鳥ではない。マダム・セリネットが持っている「愛の秘薬」だ。「愛の秘薬」はどんな男性をも虜《とりこ》にする薬で、フランス人女性なら誰もが使っているという。その秘薬が、いまのエメラインにはどうしても必要だった。

「すべてサーシャのためよ」

エメラインは、そう思い、高鳴る心臓を抑えて、マダム・セリネットの邸《やしき》に向かった。

エメラインはそろそろ十九歳になる。泡立つような白金色の髪は、太陽の光を浴びると金とも銀とも判断のつかない輝きを宿し、彼女にまばゆいきらめきを与えた。自分の中で人に誇れるのは、唯一その髪だけではないかと本人は思っていたが、ほがらかな笑顔と深みを帯びた紺碧《こんぺき》色の瞳は、誰をも引き付けるのに十分だ。身長は平均よりやや低く、体つきもほっそりしている。胸元が貧弱なことを本人は少しばかり気にしていたが、腰の細さはコルセットで締め付ける必要がないほどだった。

エメラインは、由緒正しいヴァルゲル男爵《だんしゃく》家の令嬢だ。だが、ヴァルゲル男爵家は、賭《か》けごと好きな曾祖父《そうそふ》が作った借財が膨らんで没落し、いまでは日々の生活にも困窮《こんきゅう》している。いまのヴァルゲル男爵家には娘を社交界デビューさせるだけの財力はなく、エメラインは、自分が社交界デビューできる日は永遠に来ないだろうとひそかに思っていた。彼女は、そのことを特に何とも思っていなかったが、二人の妹は、このままでは華やかな場に出ることができないばかりか、まともな結婚相手も見つからないと毎日愚痴《ぐち》をこぼしていた。

エメラインがニレの並木を抜けたとたん、切石づくりのアーチ門が現れ、その奥に壮麗《そうれい》な建物が覗《のぞ》き見えた。かつてデンマークかどこかの貴族が、避暑に訪れていたところだ。

エメラインは、アーチ門の前でほんの少しためらった。マダム・セリネットにはすべてを話すつもりだった。大切な薬をもらおうとしているのだから当然だ。だが、マダム・セリネットはその話をエメラインと彼女の間だけのことにしてくれるだろうか。

「大丈夫よ。マダム・セリネットはとてもお優しい方だわ。一度しか会ったことがないけれど、一度見たらわかるもの」

エメラインが、マダム・セリネットに会ったのは一度きり。ヴァルゲル家の者たちが、春のわずかなひとときをすごすためヒースの丘にやってきた翌日、フランスから持ってきたという真っ白な百合《ゆり》の鉢を携えて、わざわざあいさつに訪れた。彼女は、数週間前に越してきたと言って最初に名前を名乗ったが、フランスなまりでよく聞き取れなかった。確かクル……だか、カル……だか、そんな名だ。

「こちらのお嬢さまは、花がお好きだと聞いて持ってきましたの。ちょうど温室が完成したところですから、ぜひ見にいらしてください。わたくしは、たいてい温室で一人ですごしていますから、いつ来てくださっても結構ですわ」

そう言って、マダム・セリネットは軽やかに笑った。

「もっとも、カナリアと一緒ですから、一人とは言いませんわね」

彼女の体から漂う甘い香水や、華やかな顔立ちを際だたせる濃い口紅は、エメラインにはなじみのないものだった。深く開いた襟ぐりから覗く胸は波打つほど豊かで、大きく輝く黒色の瞳といい、肩まで届く亜麻《あま》色の巻き毛といい、妖艶《ようえん》と呼ぶにふさわしい。

エメラインは、その時ことを思い出し、はやる気持ちを落ち着けた。マダム・セリネットの微笑はほがらかで温かく、エメラインを心の底から安心させた。――彼女なら、大丈夫だ。

エメラインは、迷いを振り切るような息を吐き、あたりに誰もいないこと確認してアーチ門をくぐり抜けた。ずいぶん離れたところに男の姿を見つけ、慌てて木陰に身を隠す。むさ苦しい髭《ひげ》を生やした小男だ。格好からして、庭師だろう。彼が、マダム・セリネットの持ってきた百合を育て、温室を作った男だろうか。だとしたら、ぜひあいさつがしたいものだが、いまはそんな場合ではない。

「まずはマダム・セリネットに会うことよ」

エメラインは、自分に向かって大きく頷《うなず》き、アーチ門から邸までの道をゆっくりと歩いていった。途中まで進んだ時、玄関扉が開き、若いメイドが現れた。エメラインは、そばにそびえるカバの木の後ろに急いで隠れた。

メイドは、茶器の載った銀のトレイを持っていた。エメラインのいる場所からでも、その茶器が高価なスポード焼きだとわかる。スポード焼きのカップで紅茶を飲む者など、邸の主人以外にありえない。そして、トレイの上のカップはひとつ。

エメラインは、庭木の間をぬって、メイドに気づかれないよう彼女のあとについていった。メイドは、邸のすぐ脇にある小さな建物に入った。建物はすりガラスでおおわれ、その向こうに緑色の影が滲《にじ》んでいる。どうやら温室のようだ。

「あれが自慢の温室ね。マダム・セリネットはいつも一人だと言っていらっしゃったし、カップはひとつなんだから、今日は間違いなく一人よ」

メイドは、扉の向こうに「失礼いたします」と声をかけて中に消え、少し経《た》ってから、あいたトレイを小脇に抱え、本邸に戻っていった。エメラインは、メイドの姿が完全に消えたのを見届けたあと、小走りで温室に駆け寄った。温室の扉は開け放されていて、中を覗き込むと、見たことのない植物があちこちで葉を広げている。

「失礼いたします……」

小さく声をかけて足を踏み入れ、草花に囲まれた室内を見回すと、その向こうにさらに別の部屋があった。そこに通じる入り口に扉はなく、代わりにカナリアの美しい旋律《せんりつ》が聞こえてくる。エメラインは息を整え、もう一度「失礼いたします」と言って、入り口に近づいた。

温室は、エメラインが想像していた以上にすばらしいところだった。彼女が見たこともないたくさの植物が、それぞれに必要な採光や色彩に合わせ、完璧に配置されている。その完璧さは決して息苦しいものではなく、雑然とした心地よさをもたらし、見る者が見れば、それがすべて計算されたものであることがわかる。

植物が大好きなエメラインは、平べったい葉や歪《ゆが》んだ茎、毒々しい花に目を奪《うば》われかけたが、すぐさま注意を引き戻した。すべては、目的を達したあとだ。

ふと、もうひとつの部屋の奥に人の気配を感じた。相手が、カップをソーサーに置き、椅子を後ろに引こうとする。エメラインが入ってきたことに気づいたようだ。エメラインは緊張《きんちょう》で息をつめた。

「お待ちください！」

相手が、椅子から立ち上がりかけたのを感じ取り、エメラインはうわずった声を出した。

「どうかそのままでお聞きになって！」

エメラインの切迫した声音に、相手はエメラインを咎《とが》めだてすることもなく、彼女の次の言葉を待った。

「わたくしは、エメライン・ヴァルゲルです。この間は百合をありがとうございました。その……いつ来てもかまわないと仰《おっしゃ》っていただいたので、さっそくまいった次第です。――あっ、いえ……、お答えいただかなくて結構です！」

そこにいた相手が何か言おうとし、エメラインは即座に制した。マダム・セリネットの声を聞けば、決意が萎《な》えてしまうかもしれない。「愛の秘薬」がどんなものか、詳しくはわからなかったが、外聞《がいぶん》のよろしくないものであることはおぼろげながら理解できた。

「単刀直入に申します。マダムがお持ちだという『愛の秘薬』をわけていただきたいのです！」

また、マダム・セリネットが口を開く気配を感じ、エメラインは急いで続けた。

「おかしなことを言っているとお思いでしょうが、切実なのです。わけてほしいという以上、理由は説明しなければいけませんわね。この話はこの場かぎりのことにしてくださいませんか。……ああ、ええっと、とにかく聞いてください。わたくし、とある殿方を……とある殿方に恋をしておりまして、その方をなんとしても振り向かせたいのです。ですので、愛の秘薬が必要なのです！」

早く目的を達したいと思うあまり、ずいぶん早口になっていることに自分では気づかない。エメラインは、鼓動の高鳴りを聞きながら、大きく息を吸い、深く吐いた。

「その殿方がどなたか、お知りになりたいですわね。いえ、マダムがお知りになりたくなかったとしても、言うのが礼儀だということは心得ています。ですが、何度も言いますとおり、ここだけの話にしてください。こんなことをその殿方に知られれば、わたくし、みずから命をたたねばならなくなります。これは決して口先だけのことではありません。育ちのよい未婚の淑女《しゅくじょ》がたった一人でここに来たというだけで、ロンドンの上流階級では外聞の悪いことなのです。でも、こうするほかありませんでした」

深呼吸をしているつもりだが、どうにも息が吸い込めない。ここに来る前、コルセットをきつく締めすぎたのではないだろうか。

「その方はマダムと同じフランス人ですから、もしかしてマダムはよくご存じかもしれません。ですが、本人には、決して、――決して言わないでください」

エメラインは、まぶたを閉ざして気持ちを静め、目を開くと同時に言った。

「その方のお名前は、オベール伯爵《はくしゃく》……、オベール伯クリストフ・ド・コーヴァンさまと仰います。わたくしは、その方をどうしても振り向かせたいのです。ですので……、マダムがお持ちの愛の秘薬をぜひわたくしに……」

エメラインがそこまで言い、温室の向こうに足を踏み入れようとした、その時。背後から、いくつもの靴音が近づき、フランスなまりの艶《なま》めかしい声が響いた。

「ここが自慢の温室ですのよ。わたくしが作ったわけではありませんけど」

その声を聞いた瞬間、エメラインの頭が真っ白になった。振り返るのが怖くて動くことができない。マダム・セリネットの声だ。では、温室の奥にいるのは、誰だろう？　自分はいままで誰に向かって話をしていたのだろう？　エメラインのこめかみが締め付けられ、指先が冷たくなる。あまりのことにめまいがした。

エメラインの姿に気づき、やって来た人々が足を止めた。そのうちの一人が、エメラインにきつい言葉をなげかけた。

「ヴァルゲル男爵家の娘が、このようなところで何をしているのっ？」

甲高《かんだか》い声が頭の中に響いたが、エメラインは、その声を聞いてもまだ動くことができなかった。息苦しくて仕方がない。コルセットがどんどん締まっている気がする。

「エメライン、こちらを向きなさい」

エメラインは、やっとのことで向きを変え、震える唇を開いた。

「お……、お母さま……、どうしてこちらへ……」

そこにいたのは、マダム・セリネットとこのあたりの別荘に住む貴族の婦人たち、――そして、エメラインの母だった。

部屋の奥にいた相手が、こちらの事態を察して、わずかに躊躇《ちゅうちょ》したのがわかる。

エメラインが呆然《ぼうぜん》としていると、マダム・セリネットがそこにいる相手に声をかけた。

「ルーファス、いるんでしょう？　いったい何があったの。そんなところに隠れていないで、ご婦人方にあいさつしてちょうだい。――みなさん、彼がこの温室を見立てましたの。まだ二十七歳ですけれど、どんな庭師より優秀ですわ」

エメラインが体を小刻みに震わせながら浅い息を吐いていると、部屋の奥から男が姿を現した。彼は、困ったような、気まずいような、――なによりエメラインを気遣うような表情をしていた。混乱して何も考えられないでいるエメラインにも、彼が、彼女を心の底から心配しているのがよくわかった。そして、その容貌《ようぼう》が、見たこともないほど整っていることも。

彼がその場に出てくると、婦人たちが息を呑み、母も口を開いたまま言葉を止めた。ルーファスと呼ばれた男は、ずいぶん長身で、エメラインの兄のデニスより頭ひとつ分背が高い。広い肩幅といい、厚い胸板といい、男として理想的な体軀《たいく》をしている。袖をまくり上げた白いシャツと茶色いベストは、安っぽいものではなかったが、ところどころ泥で汚れていた。

濃い栗色の髪は、襟足がやや長く、肩の下で軽くはねている。伸ばした前髪の隙間から、光を宿した翡翠《ひすい》色の瞳が覗いていた。男性的な顔立ちは、どこか冷酷《れいこく》さがあったが、エメラインを見る目にはそれ以外の感情がはっきりと滲んでいた。

エメラインの息づかいがどんどん荒くなっていく。自分は、この男に何をどこまで話しただろう。「この温室を見立てた」ということは、彼はここの庭師だろうか。だが、庭師にしては服装がきっちりしすぎている。上流階級の紳士《しんし》にも見えるが、紳士が、泥まみれで温室の手入れをすることはない。となると、執事《しつじ》とか？

執事が庭仕事をするというのも変な話だが、貴族がするよりは、まだ考えられる。

「こちらの殿方は、執事か、どなたかでしょうか……。き、きっと執事ですわよね。庭師にも従僕《じゅうぼく》にも見えませんし、……いくらなんでも爵位をお持ちの方ということは……」

「執事？」

考えがまとまらないまま、エメラインが口にすると、マダム・セリネットは軽く眉を寄せ、ルーファスに視線を向けた。

「ああ、彼のことですわね。彼はルーファスと言って、オベール伯……」

「オベール伯っ？」

オベール伯という爵位名が出た瞬間、エメラインは目を大きく見開いた。

「こ……、この方は……まさか……、オ、オ、オベール伯爵さ……」

衝撃のあまり、声がうわずり、その先がまともに出てこない。だが、彼女が言葉を続けるより早く、ルーファスが口を開いた。

「お察しのとおり、私はオベール伯のもとで働く執事で、ルーファスと申します」

マダム・セリネットが、ルーファスに向かってほんの少しだけ目を細めた。ルーファスが、その視線を受け流すように唇の端をわずかに上げる。マダム・セリネットは、彼のまなざしを見て軽く鼻から息を抜き、小さく肩を落とした。それは何かの合図にも思えたが、なんの合図か、混乱しきったエメラインの頭では考えが追いつかない。

オーベル伯の執事！　とエメラインは内心で叫び声を上げた。オーベル伯その人でないにしろ、自分が途方もないミスを犯したことは明らかだ。

エメラインの上体が前後に揺らぎ、目の前がくらくらした。

エメラインの母が怒りの表情を浮かべ、一歩足を踏み出した。

「あなたがどうしてここにいるの？　まさか一人で来たのではないでしょうね。育ちのよい未婚の淑女が、一人で出歩くなんて、何を考えているんですか」

エメラインの心臓の音がどんどん大きくなっていく。そのうち、耳鳴りがしはじめ、目の前で繰り広げられる会話がよく聞き取れなくなっていった。

エメラインが何か言おうとした、その時。

「ご令嬢は、私が逃がしたカナリアをつかまえてくださったのです」

ルーファスが抑揚《よくよう》のない声で言い、母が不審そうに訊《き》き返した。

「カナリア？」

「はい。カナリアもたまには違った景色が見たいだろうと思い、かごを持って散策をしていたら、少し目を離したすきに飛んで行ってしまったのです。慌てて探していたところ、そちらのご令嬢の肩に止まっていたのを発見しました」

母も、マダム・セリネットも、その場にいた数人の貴婦人も、みな疑わしい表情でルーファスを見たが、彼は冷静に続けた。

「なんの礼もせず、ミス・ヴァルゲルを帰したとなれば、主人にどのような罰を受けるかわかりません。ですので、私がむりやりここにお連れした次第です。ミス・ヴァルゲルは、育ちのよい淑女が知りもしない男についていくことはできないと固辞なさいましたが、最後には私の懇願を聞き入れてくださいました」

「あなた、さきほどオベール卿の執事だと仰ったわね」

「はい」

ルーファスが礼儀正しく答えると、母はマダム・セリネットに向かって訊いた。

「オベール卿とマダムはどういうご関係ですの」

「ごきょうだいです」

エメラインは、ルーファスがそう言ったのを最後に、息苦しさで気を失った。

＊＊＊

すべては、サーシャのためだった。

サーシャは、エメラインより二つ年上の二十歳。生まれた時からずっと一緒に育ってきた幼なじみだ。エメラインより長身で、エメラインと同じくらい細身だが、胸元は比べものにならないほど豊かで、腰の曲線は女性らしい色香に満ちている。

サーシャの父、ミスター・キャラガーとエメラインの父は犬猿《けんえん》の仲で、エメラインの父は、鉄道事業で成功したミスター・キャラガーをしょせん労働に従事する下層階級にすぎないと見下し、ミスター・キャラガーはミスター・キャラガーで、エメラインの父を爵位だけが自慢の貧乏男爵だとばかにしていた。

二人とも、エメラインとサーシャが仲良くすることにいい顔はしなかったが、エメラインの父は、爵位を持つ者が労働者階級とは違うのだということを自慢するため、復活祭の時期になると、必ずサーシャをヒースの丘の別荘に招待した。

いつもなら、サーシャが別荘に来た日は、夜遅くまでとりとめのない話をし、翌日は絵を描いたり、詩を読んだりしてすごすのに、今年は、別荘に来たその日からどこかサーシャはおかしかった。もともと口数が多い方ではなかったが、エメラインが話しかけても上の空で、「何かあったの？」と訊いても力なくほほえむだけだった。

エメラインは、サーシャが自分から話してくれるまで何も訊かないでおこうと思ったが、三日目の午後のお茶の時間に彼女が突然涙を流し出したのを見て、その夜、サーシャの寝室に行った。エメラインが中に入ると、サーシャはベッドにうつ伏せになり、声を出さずに泣いていた。

「サーシャ！」

エメラインは慌ててサーシャにかけ寄り、彼女のそばに座って、うつ伏せになった背中に手をあてた。サーシャは上体を起こし、エメラインを心配させないようにかろうじて笑みを浮かべたが、薄茶色の目には絶望的な悲しみが宿っていた。

「ここに来てから、ずっとそんな顔ばっかり。何があったのか教えてちょうだい」

エメラインがそう訊くと、サーシャは、しばし無言でエメラインを見つめていた。

エメラインが切実な目を向けると、彼女はあきらめたような息をついた。

「ごめんなさい。あなたに隠しごとなんてできないわね。いまから話すことは内緒にしてくれる？　誰にも言わないと約束して」

「もちろんよ！　あなたの大切な秘密を誰かに漏らすなんてありえないわ」

エメラインの熱心な言葉を聞き、サーシャはゆっくりと口を開いた。

「実はわたし……、ずっと前から恋人がいるの」

「まあ！」

エメラインは、小さな声を上げた。

「そんな大事なこと、全然気づかなかったわ。これでは親友とは言えないわね」

「あなたにもわからないようにしていたんですもの。気づかなくて当然よ。わたしたちの間にはとても深刻な問題があって、決して結ばれることはないの」

「もしかして……結婚なさっている方？」

「まさか。でも、誰かは言えないの。ごめんなさい。あなたのこと、信頼していないわけじゃないのよ。ただ……」

「いいのよ、そんなこと。誰にだって事情はあるわ。——あなたのお父さまは、ご存じなの？」

「いいえ。反対されるのはわかっているもの。わたしたちがどれだけ愛し合っていたとしても、お父さまは許してくれないわ」

サーシャはいったん言葉を止めたあと、思い切ったように言った。

「でも、わたし、どうしてもその方と結婚したくて、ひと月前にその方のベッドに忍び込んだの」

「ええっ？」

エメラインは驚いて目を開いた。

「あの方はとても紳士で、こんなことをしてはいけないと仰ったわ。でも、女であるわたしが男性の寝室に行って拒絶されたら、もう生きていられないと伝えたの。あの方と結ばれないのなら、生きていても仕方ないもの。そうしたら、自分がむりやり奪《うば》ったことにしようと仰って……」

「とてもお優しい方ね」

エメラインがそう言うと、サーシャが不安そうに訊いた。

「わたしのこと、軽蔑《けいべつ》した？」

「その逆よ。自分の愛を貫き通すためにそこまで勇気が出せるなんて、あなたを尊敬《そんけい》するわ。わたくしには決してまねできないもの。けれど、そこまでのことをしたんだったら、あなたのお父さまも認めざるを得ないのではなくて？」

「わたしもそう思ったから、こんな無謀なことをしたのよ。なのに、二人のことを言おうとした矢先、お父さまがオベール卿との縁談を持ち込んできたの」

「オベール卿?」

聞いたことのない名前を耳にして、エメラインは眉をひそめた。「オベール」という名前からして、フランス人に違いない。そういえば、ミスター・キャラガーは、最近フランスの会社を相手に貿易業を始めたと言っていた。「卿」というからには、爵位を持つ貴族になるが、フランスでは貴族も事業をするのだろうか……。

サーシャは、エメラインの疑問を感じ取り、詳しく説明した。

「お名前は、オベール伯クリストフ・ド・コーヴァン。つまり伯爵ね。もちろん、伯爵位を持つ方が事業をするなんてあまりほめられたことではないけれど、とても先見の明がある方で、インドを通じて香辛料と紅茶の貿易をして莫大な資産を築いたの。お父さまが鉄道事業で成功したのも、二年前フランスに行った時、たまたまオベール卿と知り合いになって、鉄道に投資してはどうかと勧められたからなのよ」

ミスター・キャラガーに投資の助言をするからには、そこそこの年齢なのだろう。場合によってはミスター・キャラガーと同い年か、彼よりは上なのかもしれない。

となると、五十歳前後だろうか。

「そのオベール卿が、ひと月前にロンドンに来られて、こちらにお住みになることになったの」

「そのことに、何か問題があるの？」

「大ありよ。オベール卿は独り身でいらっしゃるそうで、お父さまはオベール卿がフランスにいる時からわたしをオベール卿に嫁がせようと画策していたの。ここ最近、お父さまにやたらパーティーに連れて行かれると思ったら、オベール卿も出席されていたそうで……。でも、特別に紹介されたわけではないから、わたし、彼のことを全然覚えてないの」

サーシャは、その時のことを思い出そうとするように眉を寄せたが、結局は深い溜《た》め息《いき》をついた。

「先日クラブで、お父さまがオベール卿にわたしのことをどう思うかお訊きになったら、一目で心を奪われました、お相手がいなかったら、ぜひ花嫁に迎えたいって仰ったそうなの。わたしは、そんなのはただの社交辞令だって言ったんだけど……」

「残念だけれど、社交辞令じゃないと思うわ。だって、あなたほどきれいな女性はいないもの。花嫁に迎えたいと言うなら、本当に迎えたいのよ」

「あなたの方がよっぽどきれいよ、エメライン」

サーシャはそう言ってエメラインにほほえみかけたが、その中には苦しみがつまっていた。

「三週間後にここで復活祭があるでしょう。その時にオベール卿もいらっしゃるそうなの。それで、お父さまが、このあたりでは復活祭に想いを寄せる女性に愛を告げる習わしがあるって言ったら、オベール卿は、自分も心に決めた女性に求婚するつもりですってお答えになったの」

「復活祭なんて、もうすぐじゃない！」

「まだ続きがあるのよ。それだけではわたしかどうかわからないから、お父さまは、その女性はフランス人ですかってお訊きになったの。そうしたら、イギリス人で、いまヒースの丘で花壇の手入れをしているでしょうって仰ったんだって」

サーシャは、エメラインと違って手が汚れるようなことはしないから花壇の手入れはしないが、そんなことは大した問題ではない。

「そのあとで、もしかしてその女性は自分が知ってる方ですかって尋ねたら、よくご存じのはずですよってお答えになったのよ！」

ヒースの丘にいて、ミスター・キャラガーの知っている女性、かつ、一目で心を奪われるような相手となれば、もう疑いようがない。

「オベール卿は、お父さまの大事な取引相手だし、お父さまはどうしても爵位がほしいの。そうしたら、あなたのお父さまを見返すことができるからね。お金持ちのフランス人なんて、好色なおじいさんに決まってるわ！」

「お願いだから、泣かないで。何か方法があるはずよ。二人で考えましょう」

「わたしもさんざん考えたけれど、そんな方法は見つからなかったわ。オベール卿とのことがなかったら、お父さまは激怒なさったでしょうけど、少なくとも最後はわたしたちのことをお認めになったはずよ。でも、こうなった以上、激怒どころではすまないわ。お父さまの面目はまるつぶれだし、怒ったオベール卿があの方に何をするかわからない。あの方に何かあったら、わたし、本当に生きてはいられないわ」

「その方のこと、そんなに好きなのね。――愛しているの？」

「もちろんよ。そうじゃなかったら、あんな愚かな行いはしないわ。だからこそ、オベール卿が怖いのよ。このことを知ったら、何をなさるか……」

「お若い方じゃなさそうだから、決闘《けっとう》を申し込むということはなさそうね。でも、お金持ちなら、悪い人たちを雇ってあなたの恋人をひどい目に遭わせるかも」

「エメラインったら、そんなことを言うのはよして」

「ごめんなさい」

普段は慎ましい彼女の中に、これほどの情熱があったなんていままでちっとも知らなかった。エメラインは、サーシャに羨望《せんぼう》に似たまなざしを向けた。

「自分のしたことを後悔している？」

サーシャは悲しそうな顔をしたが、ほんの少しの間だけだった。

「わたし、オベール卿の話が出たあとでも、同じことをしていたと思うわ。だって、わたしにはあの方以外に考えられないもの」

「オベール卿のこと、あなたの恋人に話した？」

「いいえ。でも、あの方、わたしたちが結ばれた夜、このことをお父さまに認めてもらえないなら、駆け落ちしようって言ってくださったの」

「すごいじゃない。――でも、あなたはいやなのね？」

「貧しい暮らしをするのがいやなわけじゃないのよ。あの方と一緒ならどんな生活でもたえられるわ。でも、あの方が、いまの地位や家族を失うのがいやなの。あの方はそれでもいいと仰るんだけど、そんな風に優しくしてくだされればくださるほど、あの方に駆け落ちみたいなまねはさせたくないのよ」

「そこまで愛せる方がいるなんて、あなたがうらやましいわ」

エメラインは、過去の記憶を懐かしむような目をしたあと、すぐサーシャに注意を戻した。自分の愛する人は、もういない。だからこそ、サーシャには幸せになってほしかった。

「オベール卿は、三週間後の復活祭の時に、あなたに求婚すると仰ったのね」

「はっきりわたしだと仰ったわけではないと思うけど……」

三週間後……、とエメラインは口内で呟いた。オベール伯に、サーシャをあきらめさせるには、どうすればいいか。――彼の気持ちを変えること。だとしたら、答えはひとつしかない。

「大丈夫よ、サーシャ」

エメラインは、サーシャの手を握りしめ、大きく身を乗り出した。

「人生は何が起こるかわからないわ。だから、早まったまねはしないで。絶対よ」

＊＊＊

どこからか風が吹き込み、エメラインは目を開いた。柔らかい羽毛の寝具が彼女を包み込んでいる。こんな柔らかい寝具は初めてだ。その心地よさに引き込まれるようにまぶたを閉じようとした時、茶器の鳴る音がして、すぐさまその場で跳ね起きた。

「お目覚めになりましたか」

横合いから声がして、慌てて目を向けると、端麗《たんれい》な顔をした男が彼女にほほえみかけていた。

「あなたは……」

相手が誰かすぐにはわからなかったが、その微笑を見て、徐々に記憶が蘇《よみがえ》る。彼は確か……。

「ルーファスと申します。以後、お見知りおきを」

コーヴァン家に、――オベール伯に仕える執事だ。温室で、部屋の向こうにいた男。

「大丈夫ですか！」

エメラインがふたたび気を失いかけ、ルーファスが即座に彼女に近づいた。

「全然大丈夫ですわっ」

エメラインは急いで意識を引き戻し、勢いよく彼に言った。だが、自分が大丈夫でないことは、自分でもよくわかっている。彼は自分の話をどこまで聞いていただろう。自分の声が届いていなかったのならいいが……。

エメラインが大きな不安とむだな期待で全身をこわばらせていると、ルーファスが訊いた。

「お砂糖はいくつですか」

「四つ……お願いします。甘いのが好きなので……」

ルーファスは、カップに角砂糖を四つ入れ、冷たいミルクを注いだ。手元の砂時計の砂が落ちきったのを見て、別のポットを使って丁寧に茶葉をこし、カップに注ぐ。香り高い芳香が漂い、エメラインの気持ちがわずかなりとも和らいだ。

「その……」

「まずは紅茶を飲んでからにしましょう。あれだけ喋《しゃべ》れば、のどが渇いたでしょうから」

ルーファスの言葉で、彼にすべてを聞かれていたことを思い知らされ、エメラインは蒼白《そうはく》になったが、ルーファスが気にする様子はない。エメラインはサイドテーブルに置かれた紅茶に視線を移し、そろそろとカップに手を伸ばした。考えねばならないことがいっぱいあるが、まずは紅茶を飲んでからだ。ルーファスの言うとおり、のどが渇ききっていて、とにかく何か飲みたかった。

紅茶の温かさが染み渡ると、鼓動が静まり、体中がほぐれていく。ふとルーファスが立ったままでいることに気づき、エメラインは遠慮がちに声をかけた。

「どうぞお座りください……」

男爵位を持つとはいえ、ヴァルゲル家に執事を雇うゆとりはなく、少しばかり緊張する。ルーファスは着替えたらしく、シャツもベストもこざっぱりしていた。

「では、失礼します」

結構です、と言うかと思ったが、ルーファスはベッドから少し離れた椅子にあっさりと腰を下ろした。その仕草《しぐさ》は洗練《せんれん》されていて、名家の執事であることを感じさせる。

エメラインは、紅茶を最後まで飲み切って、ほう……と一息ついたあと、ルーファスの様子を盗み見た。彼に、自分が温室で口にしたことをどう取り繕えばいいか考えるが、何も言い訳が出てこない。それよりまずお礼を言わなければ。窮地《きゅうち》を助けてもらったのだから。

エメラインは、空になったカップをソーサーに戻し、ベッドの中で背筋を伸ばした。

「さきほどは本当にありがとうございました。わたくし、あなたにたくさん嘘をつかせてしまいましたわ。申し訳ございません」

「私が好きでしたことです」

エメラインは、彼がどうしてそんなことをしたのか不思議に思ったが、彼に訊いても大した答えは返ってこない気がして止めた。

「ところで、ミス・ヴァルゲル」

ふいにルーファスがエメラインの名を呼び、彼女はもう一度背筋を伸ばした。

「エメラインで結構です」

「わかりました。では、エメライン嬢、お加減はいかがですか」

ルーファスが彼女の瞳を見返し、エメラインはその輝きにどきりとした。ずいぶん経ってから、まだ彼が見ていることに気づき、ゆっくりと答えた。

「今度は……本当に大丈夫です。とても気分がよくなりました」

「では、さきほどあなたが仰ったことを詳しく説明していただけますか」

ルーファスがいきなり話を切り出してきて、エメラインは体をびくつかせた。エメラインをとらえる翡翠色の双眸《そうぼう》は、よく見ると青と緑が複雑に混ざり合い、小さな渦を作っている。

「わたくしが言ったこと、……ですか」

ルーファスが頷き、エメラインは言いよどんだ。マダム・セリネットには、何もかもを話す覚悟を決めていたが、まさかオベール伯の執事に聞かれてしまうとは。自分の勘違いが招いたこととはいえ、とんでもないことをしてしまった。

彼女が俯《うつむ》いていると、ルーファスは遠慮せず続けた。

「マダムに愛の秘薬をわけてほしいと仰いましたね。主人の……、オベール卿の心を虜にするために」

エメラインは、軽くのどを鳴らしたあと小声で訊いた。

「そのことを……オベール卿に仰るおつもりですか……?」

「あなたの態度によります」

「わたくしの態度っ……?」

「本当のことを教えてください。なぜ愛の秘薬が必要なのか。あなたが何をしようとしているのか」

エメラインがまた俯くと、ルーファスが目を細めた。その様子には、どこか冷たさがあったが、彼が冷たいわけはない。エメラインのために嘘をつき、こんなに優しくしてくれるのだから。だが、彼に本当のことを話しても大丈夫だろうか?

「あなたは主人をご存じなんですか?」

ルーファスが、エメラインの思惑を探るように彼女の様子をうかがった。

「……いいえ、まったく。わたくしの想像では、そこそこのご年齢の方だと……」

さすがに「好色なおじいさん」とは言えず、それだけを口にした。

「そして、とても資産家だということですか」

「……そう聞いております」

「愛の秘薬が必要なのは、主人が資産家だからですか。ヴァルゲル男爵家のことをさほど詳しく存じ上げているわけではありませんが……」

ルーファスは言葉を止めたが、「詳しく存じ上げない」ということは「多少は」知っているのだろう。彼の口調からすれば、おもに財政状況について。

「あなたがご承知のとおり、ヴァルゲル男爵家は優雅な暮らしをしていることは言えません。でも、わたくし、オベール卿がお金持ちだから、お心を虜にしたいと思ったわけではないのです。信じてはいただけないと思いますが」

「信じるか信じないかは、あなたのお話を聞かないとわかりません。なぜ主人の心を虜にする必要があるのですか」

「理由を話せと仰るのですか……？」

「あなたにはその義務があるのではないでしょうか」

丁寧な言葉遣いのわりに内容は強引で、有無を言わせぬ迫力がある。だが……、とエメラインは思った。――彼は信用できる男だ。彼には冷たいながら、どこかエメラインを安心させる空気が備わっている。サーシャなら、簡単に人を信じてはだめ、と言ったに違いないが、ここは自分の直感を信じてみよう。

「確かにわたくしにはその義務がありますわね。ですが、この話は内密にお願いします。もし誰かに知られたら、わたくし、ロンドンにはいられなくなりますわ」

「ご安心を。主人はもちろん、マダム・ド・コーヴァンにも口外いたしません」

マダム・ド・コーヴァンとは、つまりマダム・セリネットのことだ。いまになって思い出してみると、最初に彼女があいさつに来た時、確かにそう名乗った気がする。フランス語のわからない無教養なやからだと思われては困るため、家族の誰も訊き返そうとしなかった。

エメラインは、神妙に頷くルーファスを正面から見返し、吸い込んだ息をゆっくりと吐いた。

「すべて友人のためなのです。友人の名前は聞かないでください。ですが、とても美しい女性で、オベール卿はパーティーで見かけて一目で心を奪われたのです」

「あなた以外の女性、ですか？」

「当たり前です。わたくしの友人だといま言ったではありませんか。第一、わたくしを一目で好きになる方なんていませんわ」

一人しか……、とエメラインは心の中で呟いた。その瞬間、懐かしい思い出が脳裏をよぎり、エメラインの胸にかすかな痛みをもたらした。

「そんなことはありませんよ。ですが、主人から、パーティーで女性を見初《みそ》めたなどという話は聞いていません。ご友人になんと言ったのか正確には知りませんが、お会いした女性を美しいと言うのは、上流階級ではただの社交辞令でしょう。手に接吻《せっぷん》をするのと同じです」

「あなたはわたくしの友人を知らないから、そんな悠長なことが言えるのですわ。友人は本当に美しくて。彼女を一目見て心を奪われない殿方はいないのです」

「主人は、ご友人に直接結婚したいと仰ったのですか？」

「いいえ、友人の父に。お相手がいなければ花嫁に迎えたいと仰ったそうです」

ルーファスは、わずかに眉をひそめたあと、エメラインに目を戻した。

「主人は、『お相手がいなければ』と申し上げたのですよね。その状況から察するに、お相手が当然いるものと思い込んで、そのようなことを言ったのでしょう」

「あなたはまるでその場にいたようなことを仰いますのね」

「そういうわけではありませんが……」

「でも、ほかにもオベール卿が友人を見初めたとわかることが多々ありますの」

「たとえば？」

「それを言うと、友人が誰かわかってしまいます。要するに、オベール卿は友人を見初めて、しかも三週間後の復活祭の日に求婚するというのです。けれど、友人には将来を約束した恋人がいます。友人はその方のことを心底愛していて、オベール卿との結婚は考えられないのです」

「ほう……」

「オベール卿は友人のお父さまの大切な取引相手で、友人のお父さまは、この結婚にたいそう乗り気です。もし友人がオベール卿との結婚を望んでいないことがわかれば、激怒なさるでしょう。それだけならたえられますが、オベール卿がこのことを知れば、友人の想う方にどのような不幸が訪れるか……」

「不幸というのは？」

「偶然悪漢《あっかん》に襲われて命を落とすとか、偶然事故に遭うとかですわ」

「主人が誰かに命じて、ご友人の想う男性に手をかける、ということですか？」

「そういうことです」

エメラインは大きく首を下ろした。

「いくらなんでも極端ではないでしょうか……」

「いいえ！　オベール卿はお金持ちですし、爵位を持っている方ですから、きっととても気位の高い方に違いありません。それはわたくしの父母を見ていてもわかります。

ヴァルゲル男爵家は家計が苦しいのですが、気位だけはどの家より高いのです」

ルーファスは、いったん口を開いてから少し躊躇し、思い直したように言った。

「手にかけるかどうかはさておき、そのことと愛の秘薬とどういう関係があるのですか」

「ずばり、愛の秘薬を使ってオベール卿をわたくしの虜にしようという作戦です！」

「ほう……」

「オベール卿が別の女性を愛し、その女性と結婚したいと思えば丸く収まる……とまでは言いませんが、少なくとも最悪の事態だけは免《まぬか》れることができますわ」

「……ずいぶん思い切ったことをお考えになるんですね。思い切ったといいますか……」

「わたくし、やはりどこかおかしいですか？」

エメラインがこわごわ訊き返すと、彼はきっぱり答えた。

「いいえ。とてもご友人思いの、勇気のある方です」

彼の言葉を聞いて、エメラインの中に言いしれぬ安心感がやってきた。それは、とても甘美で心地よい。さっき飲んだ甘い紅茶のように。

エメラインはいましがたまでの迷いを決意に変え、彼に言った。

「そういうわけで、ミスター……、ええっと、ミスター……」

「ルーファスで結構です」

「ルーファス、こういうわけなので、わたくしはぜひとも愛の秘薬が必要なのです。こんなことをお願いするのはとても厚かましいことだとわかってはいるのですが……、マダムにあなたから頼んでいただくことはできませんでしょうか……？」

エメラインは、ルーファスの表情を下方から覗き込んだ。彼は、いまの自分の話を聞いてどう思ったんだろう？　表情は変わらないが、内心ではあきれかえっているかもしれない。事情はどうあれ、彼の主人を虜にするため愛の秘薬がほしいと頼みに来るのは、上流階級の淑女がすることではない。

「主人の心を虜にしたあとはどうするのですか？　あなたのもくろみがうまくいった場合、主人があなたに何をするか、いくら深窓のご令嬢でも想像がつくはずです」

ずいぶんもって回った言い方をするものだと思ったが、彼の考えはもっともだ。

「あなたの仰りたいことはわかります」

「では、あなたは主人に求婚されれば、そのことを承諾《しょうだく》なさるというわけですか」

「はい」

エメラインが覚悟とともに頷くと、ルーファスはわずかに眉を動かした。その様子は、疑問というより、どこか怒りを含んでいるように感じられる。彼は何を苛立っているのだろう。ついさっきまでエメラインにとても優しかったのに。

エメラインはルーファスの表情に小さな不安をおぼえたが、自分の気持ちを素直に口にした。

「正直……、想う方と結ばれないのであれば、わたくしはどなたでもかまわないのです。年齢も、容姿も、何もかも。怖い方はいやですけど……。わたくしの結婚は父母の言いなりで、父母はお金と爵位だけで相手を決めるでしょうから、オベール卿がお金持ちで、爵位のある方であるかぎり、変わりはないのです。だったら、友人のためになった方がいいに決まっています」

「ずいぶん厭世《えんせい》的ですね。どなたでもかまわないと思う理由があるのですか？」

エメラインは、本当のことを答えるべきか悩んだ。自分の中に秘めた想いを誰かに話したことは一度もない。サーシャでさえ知らないことだ。もし彼を通じてオベール伯の耳に入ったら、いい感情は抱かないだろう。いや、現時点で自分の思惑がオベール伯に知られれば、それどころではすまされない。

となれば、ルーファスを信じてすべてを告白するしかない。

エメラインはそう思い定め、居住まいを正した。

「すでにあなたにもわたくしが、ちょっと……、だいぶ変わっているということがおわかりになったと思います。ですが、こんなわたくしでもいいと仰る殿方が、子どもの頃にいたのです。わたくしが七歳の時に出会った男性です」

エメラインはいったん言葉を切り、ルーファスの反応をうかがったが、彼は冷たい表情のまま、エメラインを見つめていた。エメラインは、感情のわからないルーファスの心の内を気にかけながら、話を続けた。

「ヴァルゲル家はその頃からとても貧しく、庭師を雇うゆとりがありませんでした。わたくしは物心ついた時から植物が大好きでしたが、名前や育て方を教えてくださる方はいなかったのです。そんなある日、別荘の近くを散歩していて、小さな花が咲いているのを見つけました。なんの花かわからずにいたわたくしに、その方は声をかけてくださり、アネモネだと教えてくださったのです。名前だけではなく、花言葉も」

エメラインは、その時のことを思い出し、熱い吐息を漏らしたが、それは切ない吐息でもあった。

「赤いアネモネは『君を愛す』、白いアネモネは『真実』、紫色のアネモネは『あなたを信じて待つ』――」

少年は、石に躓《つまず》いたエメラインが花をよけて顔を地面に打ち付けかけた時、即座に彼女を抱きとめ、彼女の代わりに背中を打った。エメラインが彼の痛みを思って涙を流すと、彼は「花をかばって転ぶなんて、きみは勇気のある女の子だ」と笑った。あのほほえみ――。優しさは残っているのに輪郭《りんかく》はあまりにあいまいだ。

「ですが、われながら信じられないことに、わたくしはその方の名前も顔も思い出せないのです。そのあしも、ずっとアネモネの花言葉ばかり考えているせいだとは思うのですが、いくらなんでも愚かだとつくづく後悔しています」

エメラインは本当に自分の愚かさを嘆き、沈んだ声になった。

「翌日も同じ場所に行くと、その方もいらっしゃいました。ちょうど復活祭の前日でした。このあたりでは復活祭の日に愛を告白する習わしがありまして、その方は、復活祭の日、アネモネの花とともにわたくしに求婚するから会ってほしいと仰ったのです」

ルーファスは「うむ」と言って、なめらかなあごをなでた。

「それで、その男性とお会いになったのですか？」

「それができなかったのです。その方とのことを父に知られてしまいまして、外に出してもらえませんでした。その方は、救貧院《きゅうひんいん》で暮らしていて、親御さんもいなかったから……。翌日、父の目を盗んで救貧院に行きましたが、その時には、インドの貴族に従僕として引き取られ、すでにイギリスを発ったあとでした……」

エメラインは胸の痛みにたえきれず、目に涙を浮かべたが、ルーファスは何も言わなかった。彼女は、そんな彼に少しばかり感謝した。慰められていたら、声を張り上げて泣いていたに違いないから。

「その時は、大きくなったら絶対その方に会いに行くと決めたのですが、やがて、それが不可能だとわかってきました。運よく探し出すことができたとしても、従僕をしているあの方のことを父母が許してくれるはずがありません」

エメラインはルーファスを見たが、彼はまだ口を閉じていた。こうして声に出してみて、初めてエメラインは自分がまだ少年を想っていることを痛感した。

「そこでわたくしは決めたのです。心はその方に捧げて、人生は結婚した方に捧げる、と。結婚する前からこんな不貞《ふてい》を犯すのはいけないことだとわかっています。でも、もう決めたことなのです」

エメラインが訴えかけるようにルーファスを見ると、彼は思いもよらなかったことを口にした。

「別に不貞ではありません。そんなことを言えば、男は心も体も不貞を犯します」

エメラインは、彼の言葉に引っかかるものを感じて、一瞬眉を寄せたあと訊いた。

「あなたも……、ですか？」

「私は……」

ルーファスは、冷徹な表情をわずかに揺らがせたあと、すぐもとに戻した。

「愛する女性が目の前にいれば、そのようなことはいたしません。ですが、決して清らかな身ではありませんよ」

「そ、そうですか……」

エメラインが恥じらいで頬を染めると、ルーファスは面白そうに彼女を眺めた。

「その少年が、私と同じことをしていたとして、いま会えば、嫌いになりますか」

エメラインは少し考えたが、本当は考える必要などなかった。

「会えないことはわかっていますが、答えはひとつです。嫌いになることはありません。あの方が例えば路傍《ろぼう》に咲く小さな花を踏んで、なんとも思わない男性になっていれば、とても悲しいですが、あの方であるという事実は変わりませんもの」

彼女は、また申し訳なさそうな声音になった。

「こんなこと、オベール卿には決して言えませんわね。ですが、わたくしはいい妻になります。心は別の方に捧げると言いましたが、その代わり、妻として必要なものはすべてオベール卿に捧げます。真心と忠誠心と思いやりと尊敬を」

エメラインは、ルーファスに心配そうなまなざしを向けた。彼は自分を軽蔑したのではないだろうか。自分の主人を虜にしようとしている女が、こんなことを考えていると知れば、軽蔑して当然だ。

「話は、わかりました」

ルーファスが、一語一語区切るように言った。

「では、マダムに愛の秘薬をわけてくださるよう一緒に頼んでいただけますか……」

「残念ですが、できません」

「そんな……」

突き放すような言葉をかけられ、エメラインは消えたはずの息苦しさを覚えた。自分は彼に嫌われたのかもしれない。彼はさきほど不貞ではないと言ったが、もしかして口先だけのことだったとも考えられる。だが、ここであきらめるわけにはいかなかった。

「自分がオベール卿に対してどれほど失礼なことをしようとしているかは、よくわかっています。ですから、結婚して妻になったあかつきには、誠心誠意、命がつきるまでオベール卿に……」

「マダムは、愛の秘薬などお持ちではありません。おわけしようにもできないのです」

ルーファスがきっぱりと言い切り、エメラインは、しばしの間、呆然とした。

「だって……、フランス人女性は、みんな愛の秘薬をお持ちだって……」

「誰に聞いたのかは知りませんが、よく言えばロマンティックなあこがれ、悪く言えば偏見に満ちた思い込みです」

ルーファスは、表情をいっさい変えず、抑揚のない声で言い、エメラインは、「ああ……」と溜め息とも悲鳴ともつかない声を上げ、ベッドの上に倒れ込んだ。

「わたくしったら、なんてことを……。すべて誤解だったなんて！　いったいどうしたら……」

「ご安心ください、エメライン嬢。愛の秘薬は、あなたが思っているような形ではありませんが、まったくないというわけではありません」

エメラインは、柔らかな寝具の上で軽く上体を起こした。

「どういうことですか……？」

「愛の秘薬とは、男性を虜にするものです。実際の薬のことではありません。フランス人女性が愛の秘薬を持っているという与太《よた》話は、彼女たちが男性を虜にする術《すべ》に長《た》けているという意味です」

「では……、それをマダム・ド・コーヴァンにお訊きすればよろしいのかしら。でも、マダムはオベール卿の妹さんでいらっしゃるから、お兄さまに関するそんなはしたないことをお訊きするのはいくらなんでも……」

エメラインが、マダム・セリネットのことを「オベール卿の妹」と言った時、ルーファスの眉がわずかに上がったが、混乱していたエメラインは気づかなかった。

「マダムにはお訊きにならない方がいいでしょう。いくら女性の術に長けているとはいえ、きょうだいのベッドでの行為を教えるのはいささか気まずいでしょうから」

ルーファスは、「her brother」と言ったあと、含みのある口調になった。

「では……、どうすればよいのでしょう」

「マダムの次に……、いえ、マダム以上に主人のことを知っているのは、主人に長く仕えている私です。これまで私は、主人がおつき合いしてきた女性を数々見てきました。私なら、あなたに主人を虜にする術を教えて差し上げることができます」

エメラインは、彼の目に宿った妖しい光には気づかず、ベッドから身を乗り出した。

「本当ですかっ！」

ルーファスは、ほんの少しだけ頷いた。

「わたくしはあまり胸もありませんし、お色気も欠けているので、フランスの方には少しばかり物足りないと思っております。それでも大丈夫なら、ぜひお願いします！」

「女性の術は胸の大きさではありませんから、その点は問題ありません。ですが、いま私が言った言葉の意味はおわかりですか？」

「す、少しは……」

エメラインは上ずった声を出した。

「少しと言うのはどの程度？」

「どの程度……と仰いますと……？」

「私の言っている『女の術』を、あなたがどこまで理解しているか知りたいのです。途中で、こんなことは聞いていないとご両親に泣きつかれては困ります」

「そんなことはいたしません！」

「では、女の術がどのようなものか仰ってください」

ルーファスが強い口調で訊き返し、エメラインは息を呑んだ。いつのまにか彼の態度がずいぶん変わっている気がする。最初は優しく穏やかな男性だと思い、いまもそう思っているが、目の前の彼には、押しの強さという言葉では言い表せない強引さがある。だが、それは決して不快ではない。不快ではないが、困惑する力強さだ。

「べ、ベッドに……男性を引き入れる術だとこころえております……」

「ベッドに引き入れたあとはどうするんです？」

「ひ……、引き入れたあとは……、その……よ、……」

「よ……？」

「夜の……営みを……」

「聞こえません」

ルーファスが叱責《しっせき》するように言い、エメラインは思い切って口を開いた。

「夜の営みをいたしますっ」

人前で一度も口にしたことのない言葉を声に出すと、羞恥《しゅうち》で耳まで赤くなった。

ルーファスは、彼女を追いつめるようにさらに質問を重ねた。

「それはどのような行為ですか」

「そ、それは……、あ、赤ちゃんを作る行為で……」

「赤ちゃんを作る、ではよくわかりません。どんな行為か、具体的に仰ってください」

自分は、いつからルーファスとこんなやりとりをするようになったのだろう、とエメラインは思った。この会話はそもそも自分の目的とは違う気がする。

エメラインは、恥ずかしい会話にたえることができず、ルーファスにこわごわ訊いた。

「これが……、女性の術とどのような関係があるのでしょう……」

「さきほど言ったはずです。あなたに理解していただいた上で行いたいと」

「わたくしは……十分理解しているつもりです」

「つもり、では困ります」

エメラインは、うぅ……とのどをつまらせた。

「これから私が教えようとすることは、あなたにとってはとても驚きに満ちたことでしょう。また、はしたないとお思いになるかもしれません。ですが、そういう気持ちを捨てきれないのであれば、主人を虜にすることはできません」

ふいに、ルーファスが立ち上がり、エメラインに近づいてベッドのへりに腰を下ろした。エメラインはベッドの上で退いたが、彼の圧迫から逃れることはできなかった。

「男は、無垢《むく》で、清純で、——時には奔放《ほんぽう》な女が好きなものです」

エメラインは、自分を隠すように掛け布を胸元まで引き寄せた。

「私はこれからあなたにたくさんのことをお教えします。あなたにはそこから男を虜にする方法をすべて学んでいただきます。あなたにたえられますか？」

　エメラインは、ゆっくりと、だが、力強く答えた。

「それは、絶対にたえられます。だって、友人のためですもの」

　ルーファスは、エメラインの真剣さを測るように彼女の全身を見回した。掛け布の中に隠された体を見透かすようなまなざしで。

「私がお教えしようとしているのは、言葉だけのことではありませんよ。さっきしつこくお訊きしたのは、そういうことをすべて承知の上で、何もかもを私に任せる覚悟があるかが知りたいのです。どうですか？　本当にどんなことでもたえられますか」

「たえられます」

　エメラインは大きく頷いた。

「もちろん何もかも平気だとは言いません。ですが、平気でなくてもします。最初はとてもへたで、うまくできないと思いますが……」

　エメラインが言葉を止めると、ルーファスが彼女の瞳を凍えた双眸で覗き込んだ。

「ご友人のため、――オベール卿と結婚するためならどんなことも厭《いと》わない、ということですか？」

「それもありますけど……、――わたくし、あなたを信じていますから、ルーファス」

　ルーファスはしばしエメラインを見たあと、彼女の頬に軽く人差し指をあてた。エメラインは微細なしびれを感じて、思わず背中を引《ひ》き攣《つ》らせた。心臓が大きく脈打ち、体が火照《ほて》る。――きっともう始まっているのだ。

「そんなに簡単に人を信じていいんですか?」

エメラインはぎこちなく首を下ろした。ルーファスの指が、エメラインの頬で優しい上下を繰り返す。背中の産毛が逆立ち、寒気がする。だが、決して不快ではない。

これはいったいなんだろう。エメラインは、ああ……という熱い溜め息を漏らした。

ルーファスの指が頬から下方へと動いていく。指先がふれているだけなのに、妖しい切なさが芽生え、むずがゆいともくすぐったいとも異なる別の感覚がやってきた。

それが官能の萌芽《ほうが》だと気づいたのは、彼の指があごから首筋に下りた時だ。

「いま、私が何をしようとしているのかわかりますか?」

「男性を虜にする、す、術を……教えてくださって……、いる……と」

ルーファスが、エメラインののどに人差し指を下ろしたあと今度は上方に動かした。指が上下するたび、彼女の背中が痙攣《けいれん》する。身悶《みもだ》えするようなこの感じ。胸の先端がひどく痛いのはなぜだろう。寒い夜風にあたった時のようにこわばっている。

「あなたの体の中で、私がさわる前とあとで、変化した部分がありますね」

ルーファスは、その変化を見ていたように言った。

「どうしました、何を赤くなっているんです?」

「な……、なんでもありません」

ルーファスが鎖骨のあたりで指を行き来させ、円を描くように動かした。大したことをされているわけではないのに自分の内側から妖美な快《こころよ》さがこみ上げ、えも言われぬ感覚が彼女の肌にさざ波を立てる。その感覚にたえきれず、エメラインは顔を歪めたが、決して苦痛のためではない。

「あなたの体のどこが変わったか言ってみてください」

「え……!」

「さあ」

エメラインはまぶたをぎゅっと閉ざしたが、サーシャのためだと思い、羞恥をこらえて口にした。

「む、胸の……さきが……、か、硬く……」

「ここですか?」

ルーファスがドレスに包まれた尖りを正確に捜しあて、布地の上からつまみ上げた。

「はンっ」

鋭い痛みが、胸を通して体の中心を突き抜けた。思わず背中をすくめたが、それが痛みだけでないことに気づいたのは、少し経ってからだ。ルーファスは、硬直した尖りをドレスとコルセットの上から押して螺旋《らせん》状に回し、爪でくまなく引っかいた。布地ごしの官能はもどかしかったが、快楽に慣れていないエメラインには、それさえもたまらない。

だが、鋭敏な刺激が欲望に変わるには、少し時間が必要だった。

「ここは、いつもは柔らかいんですか？」

「は……、はい……。――ッン」

ルーファスが、先端をつぶすような強さでつまんだあと、力を緩めてしごきはじめた。片方の胸の先端が執拗《しつよう》にいじめられると、痛みともまごう強い感覚が淫《みだ》らな悦びを放ちはじめる。エメラインは背中をわななかせ、熱い吐息を漏らした。

「こんな風、とは、どんな風ですか？」

「痛い……けれど、びりびりして、すごく……いやらしい感じです……ンあぁ……」

「じゃあ、こうするとどうですか？」

ルーファスが、反対の尖りに唇を近づけ、ドレスごと歯を立てた。

「あぁッ」

指でつままれている側より、さらに鋭利な快楽が訪れ、エメラインはのどをのけぞらせた。片方は爪でつまんでこね回され、もう片方は歯でかみ、強くこそがれる。ドレスを隔てているため、何か物足りないような心地よさが彼女の背中を粟立たせた。

胸の先端が歯と指で自由にいじられると、針のような官能が全身に突き刺さる。快

感の集中した部位なのに、自分ではまともにふれたことはなく、また、ふれないようにしていたため、ルーファスから与えられる悦びは奔流のように荒々しく、まださしたることはされていないのに気が遠くなりそうだった。

エメラインは、ベッドに仰向けに倒れ、背中を寝具に擦《こす》りつけた。寝具で背中が摩擦されると快い愉楽が体中に浸透し、エメラインは小さく喘《あえ》いだ。

「ンあ……、あ、あぁ……」

「ここは本当に硬くなってしまいましたね。もう戻らないかもしれませんよ」

「い、いや……、そんな……」

ルーファスが、尖りを口内に含んで思いっ切り吸い上げ、指で大きく引っ張った瞬間、内股の付け根が生き物のように引き攣り、感じたことのない熱欲が下腹を鋭く突き上げた。エメラインは、突然のことに目を見開き、上げかけた声を呑み込んだ。ルーファスの瞳が、また光った。

「どうやらほかにも変わったところがあるようですね。男にさわられると、女はこんな風になってしまうんですよ。知っていましたか？」

こんなこと、知るわけがない。何もかも初めての体験なのだから。

すべてサーシャのためだ、――そう思ったが、ルーファスがさして豊かとは言えない乳房に歯を立てると、そんな考えはすべてどこかに吹き飛んだ。

「いま、ほかにも変わったところがあると言ったでしょう。いったいどこが変わったんですか？」

　エメラインは顔を真っ赤に染め、端麗な、だが冷酷さをたたえたルーファスの笑みから目を背けた。

「……い、言えません……」

「どうして言えないんです？　言わないとわかりません。口に出して言えないなら、別の方法で教えてください」

「でも……、そこは……」

「そこは、なんですか？　あなたはご友人のためになんでもする覚悟なんでしょう。だったら、この程度のことを恥ずかしいとは思わないはずです」

「そ、そんな……」

　どこか論理が逸脱している気がするが、いまのエメラインに反論する余力はない。

　エメラインは、薄く目を開いて懇願するようなまなざしを向けたが、ルーファスは冷たい表情のままだった。

　エメラインは、胸の尖りを転がしているルーファスの手を摑《つか》み、下方にゆっくりと移動させた。さっきまで、自分はしとやかで、少しばかり世間知らずな男爵令嬢だった。こんな行為はまったく知らなかったし、ふれられるだけで快楽や悦びが得られるなんて考えてもみなかった。だが、ルーファスがわずかに少し指を動かし、歯を立てただけで、体中にしびれが走り、腰が小刻みに引き攣っていく。自分はどうしたというのだろう。これからどうなってしまうのだろう。

エメラインは、さまざまな思いにかき乱されながら、ルーファスの手を自分へと導いた。彼の手が、ほんの少しだけそこにあたると、自分でもわかるほどその部位が大きく跳ね上がった。ルーファスは、潤んだエメラインの目をまっすぐに覗き込んだ。

「変わったというのはここですか?」

「……は、はい」

「あなたはこんないやらしいところを私にさわらせようとしているんですね」

「違いますっ、そんなつもりじゃ……。あなたが教えろと言うから、その……」

「こんないやらしいところだとは思っていませんでした」

ルーファスは、スカートの上からその部位に指をねじ入れた。

「ンあぁ……」

脚の付け根がびくびくとうごめき、ルーファスの指に圧迫されて、快楽が内側に閉じ込められる。そこが痙攣するたび、欲望が下腹を貫き、エメラインは淫蕩《いんとう》な熱情を感じて背中をこわばらせた。

「ここがどう変わったんですか」

ルーファスは、狭い空間に手のひらを入れて彼女の秘部を包み込み、指の腹を擦りつけるように大きく前後に動かした。鋭敏な部位は、ドレスの上から確かな刺激を感じ取り、エメラインにこれまで知らなかった心地よさをもたらしていく。うっとりするような恍惚《こうこつ》感は、初めてのエメラインにこらえがたい愉楽を与えた。

「変わったというか……その、そこが……腫《は》れて、とても痛いのです」

「このいやらしいところが、ですか」

ルーファスがしつこく言い、手のひらで大きくもみ込んだ。とろけるような甘美な流れが、その部位から全身に伝わった。そこが、さっきからたえまなく痙攣しているのは、どうしてだろう。これまでも同じことがあっただろうか……。

ルーファスの手に包まれているだけで、淫らな悦びがそこから溢《あふ》れ出していく。腫れたようなうずきは、悪い病気ではないかと思ったが、彼にふれられてこうなったのだから、きっと悪いことではない。——はしたないことなのだ。

おまけにそこから何かいやらしい熱が、とろとろとこぼれ出している。何もかもが未知のできごとで、どう反応していいのかわからなかったが、彼女が戸惑っている間も、ルーファスは手のひらを動かし、そこをもみしだいていった。

「もっと強くしてほしいですか。それとも弱い方がいいですか」

ルーファスは、何度かもみ上げてから、手のひらで包んで左右に揺らし、全体をしっかりと愛撫した。布地を隔ててはいるが、官能は鮮明で、そこがルーファスの手に合わせてうねっていることも、ぬるついたものがこぼれていることもはっきりと感じ取れる。彼がきつく手のひらを擦りつけると、閉ざされていた部位がほころびはじめ、なんともいえない快さをもたらした。

「あっ、あぁ……こんな……」

「どうしてほしいのか言わないと好きなことができませんよ」

「わ、わたくしの好きなことではなく……、殿方の心を虜にする方法を……」

「男は、女が悦んでいるのを見るのが好きなんです。だから、あなたが悦ばなかったら、主人はあなたにさわりたいとは思いません。さあ、どうしてほしいんですか」

「わ……わかりません……」

エメラインは、口内でうわずったような喘ぎ声を漏らした。ルーファスがふいに動きを止め、エメラインは慌てて脚を固く閉じ、ルーファスの手を内股に巻き込んだ。自分の行為がわれながらはしたなく、エメラインは顔を真っ赤にしたが、ルーファスは彼女の様子をにこやかに眺めていた。

「強い方がいいですか。弱い方がいいですか」

「つ……、強く……」

エメラインが消え入りそうな声で言うと、ルーファスは彼女の脚の付け根の奥に手のひらを入れ、執拗に動かした。彼の指は、得体の知れない淫らな生き物のようで、目に見えない動きを想像しただけで恥じらいがやってくる。こんなところをこんな風にさわって、彼はなんとも思わないのだろうか。

　エメラインが、快楽でかすむ瞳を薄く開き、ルーファスの表情を見ると、彼は妖しいまなざしでほほえんでいた。

「とてもよく動いて、いい体です。あなたはどうやら優秀な生徒になりそうですね」

　ルーファスは、手を前後に律動させながら、五本の指でいやらしくそこをもみしだいた。閉じた秘裂を割るように、縦の筋にそって中指を何度も這《は》わせ、彼女を悶えさせていく。やがてエメラインの体の奥底から、経験したことのない情熱がゆっくりとこみ上げた。エメラインは、その情熱にあらがおうとして、体を硬直させた。ルーファスに怒られるかと思ったが、彼は、指で秘裂の割れ目をひたすら擦っていく。エメラインの背中が弓なりに曲がり、下腹からせり上がる情熱をこらえることができなくなった。

「あっ……あぁぁ……ッ」

　ルーファスが激しく手のひらを動かした瞬間、エメラインは、これまでになく甘やかな白熱の光に包まれ、自分の知らない世界へと放り出された。

　陶然とした余韻が体中を行き交い、腰が大きく跳ね上がる。自分に何が起こったのかよく理解できなかったが、それは初めて感じる、途方もなく心地よい官能だった。

エメラインが、恍惚とした高ぶりの中で荒い息を吐いていると、ルーファスがエメラインの秘部をしっかり摑んだまま、彼女の耳元で囁《ささや》いた。

「明日、この邸に来てください。本格的なレッスンは、それからです」

第二章　愛蜜のレッスン

エメラインは、朝の光の中で目を覚まし、上体を起こして伸びをした。ナイトガウンが肌を擦ったとたん、淡い快楽がなめらかな背中をわななかせた。

昨日のできごとが脳裏にまざまざと浮かび、白い頬が赤く染まる。ルーファスの指が、唇が、手のひらが、熟しきらない体を翻弄《ほんろう》し、彼女の奥底に眠る官能の片鱗《へんりん》を呼び起こした。まだ硬いつぼみでしかなかったが、エメラインは確実に悶え、初めての淫欲を覚えた。

ベッドの中で身じろぎすると、いやらしい快さととろけるような幸福感がエメラインの中にじんわりと広がり、彼女は大きく息を吸い込んだが、ふと、この官能は相手がルーファスだから感じたものだと気づく。それとも、誰が相手でもこんな風に感じるのだろうか。顔も知らない、フランス人伯爵であっても……。

「自分がどう感じるかじゃなくて、相手をどう感じさせるかよ！　本当のレッスンはこれからなんだから」

早く朝食室に行かないと、母に怒られてしまう。エメラインは顔を洗ってから、ナイトガウンを脱いで絹タフタの黄色いデイドレスを着た。

朝食室では、すでに父母とサーシャが食卓の前に座っていた。サーシャよりあとから来たエメラインを母がぎろりとにらみ、エメラインは顔を伏せて、サーシャの向かい側に座った。

サーシャはエメラインを見て、いつもと同じ美しいほほえみを向けたが、その美しさにはエメラインしか気づかないわずかな陰りが宿っていた。彼女のこんな笑みは、いまのうちだけだ。

エメラインは、そう思い、元気づけるように頷きかけたが、その意味がサーシャに届いたかどうかはわからなかった。

最後に、兄のデニスが朝食室に現れた。

「お待たせしてしまい申し訳ありません。昨日遅くまで本を読んでいたので」

デニスは、丁寧な口調で言い、父のすぐ近くに腰を下ろした。二十五歳になったばかりの兄デニスは、赤みがかった金髪と青い瞳の持ち主だ。穏やかな物腰は、気弱に見えなくもなかったが、エメラインは、まじめで優しい兄がサーシャの次に好きだった。以前は、本の話や行きたい国のことをサーシャと三人で何時間も話していたが、ずいぶん前からそういうことはなくなった。最近は、夜になると、ヴァルゲル男爵家の資産状況や今後の家計をどうするかについて、父と遅くまで口論していたから、きっと疲れているのだろうと思い、エメラインは自分から兄に話しかけようとはしなかった。

使用人がやってきて、食卓に今日の朝食を並べていった。銀メッキの卵台に置かれたゆで卵、バターを塗った焼きたてのトースト、羊のタン、ウサギ肉のパイ、レタスとクレソンのサラダ、新鮮な果物……。ふだんよりずいぶん贅沢《ぜいたく》な朝食だったが、これもサーシャがいるためだ。ヴァルゲル男爵家が窮乏に貧していることなどサーシャは幼い頃から知っていたが、父母は、サーシャの前では自分たちが優雅な貴族生活を送っていることをことさら主張した。

朝食はいつもどおり一時間ほどで終わり、エメラインはすぐ自室に戻って、迎えが来るのをそわそわと待った。

昨日、マダム・セリネットの別荘から帰ったエメラインは、母からお小言を食らったあと、ルーファスに言われたとおりマダム・セリネットにとても気に入られたこと、ぜひまた自分の別荘に来てほしいと頼まれたと母に告げた。母は、マダム・セリネットのことを「品のないマルセイユなまり」だと言い、あまり快く思っていないようだったが、彼女のきょうだいであるオベール伯の名前はすでに貴族たちの間でも知られているらしく、ここで彼女と仲良くしておくことは決してヴァルゲル男爵家の損にはならないと判断し、エメラインにマダム・セリネットのもとへ行くことを許した。

エメラインは、これからあまりサーシャと一緒にすごせなくなることを、彼女にどう言い訳しようか悩んだが、サーシャの方から「せっかく別荘に呼んでいただいたのに、このところずっと気分が優れなくて……。一人で休ませてもらっていいかしら」と言ってきた。

エメラインが、表情を変えて、

「お医者さまを呼んだ方がいい？　お母さまに言って……」

と口にすると、サーシャは慌てて、

「そんなに大したことはないの。復活祭のことを考えて憂鬱《ゆううつ》になっているだけよ」

と答えた。

「早まったまねはしないでね。きっといいことがあるわ。だって、復活祭はそういう日ですもの」

エメラインは、そう言って、サーシャを励まし、強く抱きしめた。

復活祭までもう三週間を切っている。その間にどこまでのことができるかわからないが、いまはルーファスを信じて、するべきことをするだけだ。

エメラインがそう固く決めた時、階下からドアノッカーを叩く音がした。エメラインは、メイドが来るまで大人しく椅子に座っていた。

「お嬢さま、マダム・ド・コーヴァンからのお迎えです」

声と同時に、エメラインは、すぐさまレースのついた紫色のボンネットを摑んで階下に下りた。

エメラインが玄関広間に行くと、すでに母が待っていた。エメラインは慌ててボンネットをかぶってあごの下でリボンを結び、母に向かって屈託なくほほえんだ。母は、頭からつま先までエメラインを眺め回してから、満足したように首を下ろした。

「行ってまいります、お母さま」

エメラインは、スカートを持って軽く膝を曲げ、別荘の前に駐まった馬車に乗り込んだ。


コーヴァン家の紋章がついた馬車は、これまで乗った中で一番乗り心地がよかった。それでも、野道を進む時はあらゆる方角に揺れ、その振動に合わせて、エメラインの体が緊張で徐々にこわばりはじめた。今日どんなことが起こるのか、考えただけで胸が激しく高鳴っていく。今日は気絶するわけにいかないから、さほどコルセットはきつく結んでいないが、そもそもコルセットはつけたままなのだろうか？

そう考えた瞬間、火がついたようにエメラインの顔が熱くなった。

「だめだめ、違うことを考えましょう！　ええっと、そうよ、もともとの目的はオベール卿の心を自分に向けさせることなんだから、オベール卿のことだわ」

だが、オベール伯のことはほとんど知らず、ルーファスからも大したことは聞いていない。

「女性経験が豊かで……、……あとは何かしら」

クリストフ・ド・コーヴァンなんて、いかにもフランス人っぽい名前だ。エメラインの想像では、五十歳ぐらいの美食家で、太っていて、好色で、だが、金を稼ぐことにかけては抜け目がなくて、貪欲で……。伯爵というからには、父母と同じように、

——それ以上に気位が高いに違いない。

「でも、マダム・セリネットのお兄さまなのだったら、もう少しお若いかもしれないわ。四十歳ぐらいとか。それに、マダム・セリネットはあれだけお美しいのだし、そこそこ美男子かも。性格にしたって、マダム・セリネットはとってもお優しいし……、……なんだかいいところばっかり。マダムを基準にするのは、よくないわよね」

それに、想う人でないのなら、若かろうが、美男子だろうがかまわない。

ふと、エメラインの脳裏にルーファスの笑顔が浮かんだ。なぜいま彼のことを思い出したのかわからない。きっとこれから彼のもとに行き、男性を虜にするレッスンを受けるからだ。とても淫らに違いないレッスンを……。

エメラインの頬がほんのりと染まった時、馬車が立派なアーチ門をくぐり、少ししてから停まった。エメラインの鼓動が勢いよく飛び跳ね、彼女は、馬車の中で背を伸ばした。

＊＊＊

御者に手を取られて別荘の前に降り立ったが、玄関扉が開く気配はない。ルーファスは、別の用事でもあるのだろうか。もしかしてオベール伯が戻ってきた、とか。けれど、ルーファスによれば、オベール伯はいまロンドンの邸宅にいて、数日は帰ってこないはずだ。馬車がその場を去り、あたりに誰もいなくなると、エメラインはとたんに不安になった。ここには呼ばれてきたのだから、おびえる必要はないと言い聞かせ、目の前の石段をのぼろうとした時、邸の陰からルーファスが現れた。

「エメライン嬢、お待たせしました」

安堵《あんど》とともに声のした方向に顔を向けると、ルーファスは、白い袖をまくり上げ、左手に小型のシャベルが入ったバケツを持っていた。男らしい容貌を見たとたん、ふたたび心臓が高鳴ったが、すぐさまバケツと泥の付いた彼の服装に目がいった。ルーファスは、彼女の視線に気づいてほほえんだ。

「汚い格好ですみません。花壇をいじっていたものですから」

エメラインは、昨日、庭師らしき男を見たことを思い出し、遠慮がちに訊いた。

「ここには、庭師の方がいらっしゃったと思ったのですが……」

「はい。ですが、私は自分で土をいじるのが好きなのです。いまちょうどダリアを植えていました」

「まあ！」

エメラインは瞳を明るく輝かせた。

「ダリアの球根でしたら、いまが一番いい時期ですわね。花言葉は確か――」

「優雅、華麗、移り気、ですね。まだ球根はありますから、お持ち帰りになりますか？」

エメラインは、興奮したような息を吐いた。花言葉もうれしかったし、何よりダリアだなんて！　この間、ダリアを植えるにはいまが一番いいと考えていたばかりだから、喜びは格別だった。

「よろしいんですの？」

「もちろん」

ルーファスは、ほがらかに頷いた。

「わたくし、ダリアは一度も育てたことがありませんの。大丈夫かしら」

「暑さに弱いのが難点ですが、さほどむずかしくはありません。それに、あなただったら、むずかしくても問題はないでしょう」

「そんなことありませんわ……」

エメラインは恥じらいでわずかに目を伏せた。胸が快いときめきに満たされる。彼の言葉はどうしてか彼女を幸せにする。いったいどうしてだろう。

「あとで、お包みしましょう。お帰りの際に」

彼女を見るルーファスの双眸が妖しく光り、エメラインは今度は別の恥じらいで頬を紅潮させた。彼が、彼女の肩に手をかけようとした、その時。

「あら、ミス・ヴァルゲル、あなただったのね」

邸の扉が開き、マダム・セリネットが石段を下りてきた。今日は、黒いウールの乗馬用ドレスを着て、濃い緑色のトップハットをかぶっている。彼女は、ルーファスのそばまでやってくると、彼の腰に手を回し、エメラインに艶めかしい笑みを向けた。

その笑みに深い意味はないはずだが、エメラインは彼女の全身から発散される艶容《えんよう》な香りに圧倒され、わずかに首をすくめた。ルーファスは自分の腰に絡みつく手を特に気にした様子もなく、マダム・セリネットに訊いた。

「今日は乗馬ですか？　まさかお一人で？」

「昨日いらっしゃった女性から紹介された方と一緒よ。あなたは、ミス・ヴァルゲルとフランス語のお勉強なのよね？」

マダム・セリネットがルーファスからエメラインに視線を移し、意味ありげに目を細めた。エメラインは息をつめたが、それが自分の反応がこれから起こることへの恥じらいか、ルーファスとマダム・セリネットの間に漂う、自分には入り込めない空気のせいかはわからなかった。

「ディナーの前には戻りたいんだけれど……」

「むりをなさらず。とりあえずお食事のご用意だけはしておきます」

「あなたも嫌味ね」

マダム・セリネットが親しげに言った時、アーチ門のそばで蹄鉄《ていてつ》の止まる音がした。瞳を向けると、乗馬服に身を包んだ紳士が、鞍《くら》から降りるところだった。紳士は、地面に足をついて会釈をし、マダム・セリネットは優雅にスカートを摑んでから、エメラインに目を戻した。

「ミス・ヴァルゲル、ルーファスをよろしくお願い。わたくしがいなくなると、土いじりばっかりしているんだから。じゃあ、行ってくるわ」

マダム・セリネットがつま先を上げると、ルーファスが軽く身をかがめた。赤い唇がルーファスの頬にふれた時、エメラインは小さく息を吞み込んだ。胸がずきりとうずいたが、コルセットはさほど強く締めていないはずだ。彼女が痛みの理由を考えている間に、マダム・セリネットは背を向けて歩き出していた。

＊＊＊

広い客間に案内されたエメラインは、落ち着きのなさを感じてあたりを見回した。寝台は、部屋の左側に位置し、精緻《せいち》な浮き彫りが施された天蓋《てんがい》がついている。寝台のそばの壁には部屋全体を映す姿鏡があり、輝くばかりに磨き上げられていた。床には、靴先が取られそうなほど分厚い絨毯《じゅうたん》が敷きつめられ、窓辺には濃いオレンジ色のキンセンカ、青紫色のカンパニュラ、薄紫色のワックスフラワーが絶妙な位置に飾られている。椅子やテーブルは、華美ではあったが、みな上品だった。

エメラインは、部屋の右側に備えられた椅子に腰を下ろした。目の前に丸テーブルが置かれ、中央にりんごやレモン、オレンジの入ったかごがある。居心地のいい空間のはずだが、緊張は高まっていくばかりだ。昨日、寝る間際、自分の持っているロマンス小説を読み返してみたが、大したことは書かれていなかった。サーシャのもとに行くのは気が引けるし、何より彼女はあまりロマンス小説を読むたちではない。妹たちが読んでいるのは、すべてエメラインのお下がりだ。結局、エメラインはまったく知識をつけることのできないまま、ここに来ることになった。

「失礼します」

声と同時に扉が開き、着替えをすませたルーファスが銀の食台を押して現れた。昨日と同じようにエメラインの前に温めたカップを置き、角砂糖を四つと冷たいミルクを入れたあと、熱い紅茶を注ぐ。ルーファスは食台を扉の脇に戻し、彼女が紅茶に手を伸ばすのを眺めていた。

「お……、お座りください」

エメラインがうわずった声で言うと、ルーファスが近くの椅子に腰を下ろした。角砂糖を四つ入れてもらったはずなのに、妙に苦く感じられる。エメラインは、熱い紅茶を一気に飲み干してから、ソーサーをテーブルに戻し、今度はすぐそばの冷たい水を飲んだ。グラスを空にする直前で、自分の不作法に気づき、水をテーブルに戻した。

「スコッチでもお飲みになりますか。ずいぶん緊張しておいでのようですから」

ルーファスが、食台に置かれたスコッチの瓶を取ろうとした。その瞬間、エメラインは体をびくりとこわばらせたが、彼はエメラインに邪気のない笑顔を向けただけだ。

エメラインは、鼓動の高まりを感じながら、緊張した声で答えた。

「お酒は苦手なもので……。それに、変に酔っぱらってしまって、せっかく教えていただいたことを忘れてしまっては困ります」

「いい心がけです」

沈黙が漂い、エメラインは、テーブルクロスのレース飾りに目を下ろした。いつから「レッスン」が始まるのだろう……、とエメラインは思った。家庭教師のように「いまから始めます」と言って、手を叩くのだろうか……。

「その……」

「気持ちは変わりませんか」

エメラインが何か言おうとした時、ルーファスが彼女の声をさえぎった。

「は、はい？」

「昨日ご自分のお邸に戻って、いろいろとお考えになったはずです。――ご友人のために主人の心を奪うという決心はそのままですか」

「もちろんです」

エメラインは迷わず頷いた。

「昨日も申しましたが、わたくしはどなたと結婚してもかまいませんし、オベール卿がお金持ちであれば、ヴァルゲル男爵家のためにもなります。……お金のためだなんて、とても浅ましいことですが、でも……」

「浅ましくはありませんよ、とても正直でいらっしゃいます。ですが、いくらなんでも、執事である私から教えられるのは不本意でしょう」

「不本意だなんて、そんなことはありません！　あなたはとても素敵でいらっしゃいますし、とてもお優しくて、わたくしのことをかばってくださいました。それに……植物をとても大切になさいます……」

最後の一言はほとんど声になっていなかった。これまでとは違った高鳴りが、エメラインの心を甘く満たす。こんなことではいけないのに、彼といるといままでにない安らぎを覚えた。

「どんなに私が優しくても、これからすることは必ずしも優しいとはかぎりませんよ」

「覚悟の上です」

「私は、男性を虜にするためにどういう行為をするかご存じか、昨日あなたに訊きましたね。ですが、実際にどういう行為をするのか、あなたの口からほとんどお聞きすることができませんでした。具体的に仰ってください」

ルーファスが丁寧な口調で言い、エメラインはのどを鳴らした。レッスンが始まったのだ。

「し、寝所をともにします」

ロマンス小説で得た知識を、恥じらいをこらえて口にするが、その知識が大して役に立たないことは自分でもわかっている。

そして、昨日と同じように、ルーファスの問いは終わらなかった。

「ともにしてどうしますか？」

「く、口に出してはいけないようなことを……します……」

「出してください。あなたは私の主人と結婚なさりたいのでしょう。だったら、あなたがご存じのことを教えていただかないと、何も助言できません」

「せ、接吻したりとか……」

「どんな風に？」

「接吻ぐらいはわたくしも知っています……」

「接吻したあとはどうしますか？」

「ド……、ドレスを脱がねばなりません」

「じゃあ、脱いでください」

「ええっ？」

エメラインは、頓狂《とんきょう》とも言える声を出し、ルーファスを見返した。ルーファスは、いつのまにか椅子の中で横柄に脚を組み、あごに手をあててエメラインを見つめている。その様子はとても執事には思えず、冷たさを含んだ怜悧《れいり》な表情からは、何を考えているのか読み取ることができなかった。

「お帰りください」

エメラインは、どうしていいかわからず、視線をうろつかせた。

「え……？」

「やる気のない方に教えることはありません」

ルーファスが椅子から立ち上がって歩き出し、早く出て行けと言わんばかりに扉を開いた。エメラインは、しばしそのまま座っていたが、やがて震える膝に力を込め、扉に近づいて、取っ手を摑んだままのルーファスを見上げ、扉のへりに手をあてた。

「やる気は……満々です」

紺碧色の瞳は不安とおびえで揺らいでいたが、口調はしっかりしていた。エメラインはゆっくりと扉を閉め、部屋の中央まで戻ってルーファスに向き直った。ルーファスは扉の前に立ったまま、促すように彼女を見た。

エメラインは、何度か深呼吸したあと、まず靴を脱ぎ、ボンネットを外して、ルーファスの表情が一切変わらないのを確認してから、ドレスの後ろについた真珠貝のボタンに震える指をかけた。恥ずかしがってしまえばよけいに恥ずかしくなってしまう。エメラインはそう思い、何も考えずボタンをひとつずつ外していった。腰の下までたどりつき、もうボタンがないことに気づいて、ちらりとルーファスをうかがうと、彼は相変わらず無言でこちらを見つめている。エメラインは、彼の視線から逃れるように硬くまぶたを閉ざしてから、ドレスをゆっくりと脱いでいった。

重いドレスが床に落ち、顔だけでなく全身が赤く染まる。体の震えで肌に微細な波が立ち、乱れた息づかいと鼓動の荒さが自分の耳に届いた。こんな姿、メイドにはいつも見られているのだし、恥ずかしくはないと言い聞かせたが、ルーファスはメイドではない。

エメラインは、ルーファスの無言の圧力を感じ、ペティコートの紐をほどいた。ドレスの上に、ペティコートが音を立てて滑り落ちると、飾りリボンのついたコルセットと膝上のドロワーズ、ストッキングだけになる。コルセットの下にはシュミーズを着ていたが、体を隠すには、さして役に立っていない。

「まだすべて脱いでいませんよ。それで必要なことができますか？」

「でも……、このようなことは……明るいうちにはしません」

エメラインが、羞恥にたえきれずとぎれとぎれ答えると、ルーファスが冷淡に言った。

「暗くなってから主人に会えるとはかぎりません」

エメラインが、なおも躊躇していると、ルーファスが口を開きかけ、エメラインは慌てて彼を制した。

「待って、待ってください！　脱ぎます。その……ぜ、全部ですか？」

ルーファスが沈黙の返事をし、エメラインは、背中に手を回してコルセットを締める蝶結《ちょうむす》びをほどいた。サーシャのためだ、とエメラインは何度も繰り返したが、シュミーズとドロワーズを取った時には日が暮れるかと思った。靴下留めとストッキングを脱ぐと、もう隠すところはどこにもない。

しなやかな裸体が、窓から差し込む明るい陽光に照らされて、純白の輝きを帯びた。胸元は決して豊かではなかったが、形は整っていて、バラ色の先端は緊張と恥じらいのため硬く尖っている。腰は急激にくびれ、下腹の茂みは薄く、脚はまっすぐに伸びていた。白金色の髪が、彼女の体を包み込むように波打ち、彼女の内側から光が放たれているようだ。

体が熱くてたまらない。見られているだけなのに、脚の付け根がいやらしくうずいている。ルーファスは自分の体をどう思っているだろう。サーシャやマダム・セリネットのように自分は豊満ではないし、男にとってはずいぶん魅力のない体つきのはずだ。彼は、自分をマダム・セリネットと比べているかもしれない。そして、落胆しているかもしれない。

エメラインが目を閉じて、ルーファスから顔を背けていると、彼は感嘆したような息を吐いた。

「美しい。私が考えていたよりずっと」

エメラインはそろそろとまぶたを開き、ルーファスに視線を向けた。体が微細な震えを帯び、胸が聞き苦しいほど高鳴っている。恥じらいでめまいがしたが、懸命に立っていた。

「どんな風に……考えていたのですか……？」

エメラインが唇をわななかせながら訊くと、ルーファスは完璧な笑みを浮かべただけで特に何も答えず、エメラインに近づき、細い体を横抱きにして軽々と抱きかかえた。エメラインは、驚いて手足を縮こまらせたが、ルーファスは彼女の不安を無視して、彼女をベッドに座らせた。

男性に裸体を見られるのは初めてだったし、物心ついてからは抱きかかえられたこともない。エメラインの緊張は頂点に達し、彼女はずっと体をこわばらせていた。

ベッドのへりに腰を下ろしたルーファスは、俯いた彼女の頬を両手で包み込み、軽く上げた。美しい翡翠色の双眸が、エメラインをとらえて離さない。エメラインはその瞳の中にある不可思議な光に、束の間、心を奪われた。

「自分の体を見たことがありますか」

「もちろん……」

「すみずみまでですよ。ふだんは隠れている部位まで、何もかも全部」

「それは……どこでしょう……？」

エメラインは小声で訊いたが、その瞬間、ルーファスがどこを指しているか気づき、同時に、そこがいやらしく跳ね上がった。エメラインは、小さな声を上げかけ、慌てて唇をかみしめた。

「自分の体をちゃんと知っておかないと、男を虜にすることはできません。あなたは、大事な部分を使って、男を誘い込むんですから」

ルーファスが耳元で囁くと、エメラインの背中がざわめき、胸の先が硬く尖った。

昨日とは違い、自分のわずかな反応が、すべてルーファスに見られている。

激しく上下する鼓動も、興奮した胸の先端も、火照った肌も、彼女がすでに感じている悦びも。

「あちらを向いてください」

そう言って、ルーファスが彼女の薄い肩を摑んで壁に向き直らせると、大きな姿鏡と目が合った。

「ルーファス……！」

美しく波打つ白金の髪、女性らしい曲線とくぼみ、男であれば誰もがふれたくなる乳房と誘うような先端、なめらかな腹、そして、まだ奥まで見ることのできない下腹が、くっきりと映し出され、その後ろにルーファスが寄り添っている。

「いや……、恥ずかしい……」

「恥ずかしがっていては何もできませんよ」

ルーファスが、突如、背後から片方の乳房を摑み上げた。

「ああ……ッ」

手のひらに収まるくらいの膨らみが、彼の指で形を変え、えも言われぬ甘美な流れをもたらした。エメラインは背中をすくめたが、ルーファスは彼女の官能を確かめるように片方の丸みをもみしだいた。

「だめ……、いきなりそんな……」

「男は、いきなり何をするかわかりません」

硬直しきった胸の尖りを親指と人差し指で強くつまみ、擦り上げると、エメラインの体が引き攣り、こらえていたはずの声が漏れた。

「ぁあっ……」

小さな粒から、昨日とは比べものにならない痛みが訪れたが、それは痛みではなく、まだ慣れない快楽だった。ルーファスは、赤い尖りを二本の指で転がしたあと、側面を摑んでしごき上げ、頂上を押さえて胸の中に押し入れた。片方だけの情欲は、甘美でありながらどこか満たされず、もう片方にもふれてほしくて仕方ない。エメラインは彼に自分の願望を伝えるように、自然と体をくねらせた。

だが、ルーファスは、エメラインの望みを叶えることはなく、ひととおり片方の先端をなぶってから、あっさりと手を離した。片方は愛撫を失い、もう片方は刺激を求めると、下腹の奥底からたえがたい欲望がこみ上げた。

「いままで自分でふれたことは？」

「ど、どこに……ですか……」

「すべてにです」

「体を洗う時はありますが……、その……」

「私が言うのは、こんな風にです」

ルーファスが、また乳房をわし摑みにし、慣れた手つきでいやらしくこね回した。エメラインの体に淫猥《いんわい》な快さがやってきて、彼女は小さく唇を開いた。そこから漏れる吐息は艶めかしく、恥ずかしさが止まらなかったが、息をしないわけにはいかない。

ルーファスは指の間で尖りを挟んで乳房を揺らしながら、胸全体に愉楽を与えた。くすぐったさとは違う妖美な熱欲が、エメラインの下腹に快感の芽を伸ばしていく。あいた乳房は、彼からの行為を待ち望むようにうち震えたが、彼はそちらにはふれようとはしなかった。

「あぁぁ……、ンぁッ……」

さきほどから、内股の付け根が波のようにうねっている。どうしてそこがそうなるのかわからない。だが、淫靡《いんび》で、いやらしく、はしたないことなのはおぼろげながら理解できた。こんな反応を示す自分は、どこかおかしいのではないだろうかと思ったが、ルーファスは、鏡に映る彼女の切なげな表情を満足そうに眺めている。少なくとも、彼にとってはおかしなことではないようだ。

エメラインは喜びとも恥じらいともつかぬ快さを覚え、瞳を熱く潤ませた。

「ルーファス……、これは……もう……」

「そうですね。そろそろ準備はできたでしょう」

「……準備？」

エメラインが潤んだ瞳で訊くと、ルーファスが乳房をもんでいた手を彼女の大腿に近づけた。

「あっ」

ルーファスは、彼女の劣情を煽《あお》り立てるように、ふれるかふれないかの距離で真っ白な大腿をなでていった。それはあまりにもどかしく、妖しい心温かさだった。手のひらを内股のぎりぎりまで近づけ、指先で軽く茂みをくすぐると、淫らな悦楽がやってきて、彼女は脚を引き攣らせた。

「ここを見たことはありますか？」

「ここ、ですか……」

ルーファスがどの部分を言っているのか、さすがにわかる。彼は、エメラインを焦らすように、茂みのすぐそばで指先を行き来させた。指先が茂みに近づき、弦楽器を弾くように動くたび、その奥に隠された中心がいやらしくうねった。

エメラインが、官能にたえきれず、目を閉じたまま首を振ると、ルーファスは、大腿の内側に両手を入れ、ゆっくり力を込めていった。抵抗しようとしてもできない。彼の手で脚が開かれ、ほんの少しだけ隙間ができると、縦に割れた部位がわずかに覗き見えたが、それは、せいぜいエメラインが知っている範囲にすぎなかった。

「まだ少ししか見えませんが、ピンク色なのがはっきりわかります。自分でさわったことはないのですか？」

「そんなこと……あるわけがありません……」

「とても気持ちいいものですよ。──ここが、気持ちのいい場所だということは知っていますか？」

「そ、それは……」

知っているのかどうか自分では判断がつかない。時々、そこは何かを欲するようにうずいたが、それが何かよくわからなかったし、ふれてはならない部位だと考えていたから、気づかないふりをして我慢していた。

「そこは……、さわってはいけないところです……」

「どうしてですか」

「だ、だって……、隠しておくところですもの」

「隠しておくのは、男たちが群がってきては困るからです。そして、男たちが群がってきてもちゃんと受け入れられるように、気持ちよくできているのです。──ほら」

「あンッ」

ルーファスが、指一本で秘裂を引っかくと、エメラインは、感じたことのない興奮を覚え、大きく背中をのけぞらせた。表層に軽く指が触れただけなのに、しびれるような淫楽が訪れる。エメラインが逃げようとすると、ルーファスは背後から彼女をしっかりと抱きしめ、彼女の行動を封じた。その腕は心地よく、それだけで秘めやかな部位から何かがこぼれ落ちていった。

「ちゃんとよく見ていきましょう」

ルーファスが教師らしく言い、大腿の内側をしつこくなぞった。ただくすぐったいだけではない。彼の指が這い回るたび、それは別の感じとなってエメラインを変えていく。エメラインが、何もすることができないでいると、ルーファスが優しい力で後ろから両膝を摑み、鏡に向かって立てていった。

「ンう……、あふう……」

大したことをされているわけではない。ただ、膝が立てられ、隠しておかねばならない部位がさらされていくだけだ。それが途方もなく恥ずかしく、また情熱に満ちていた。

ルーファスは、彼女の膝をベッドの上で完全に立てきったが、膝頭をくっつけているため、隠された部位には陰がこもり、秘裂があることしかわからない。なのに、エメラインの下腹は、前から後ろまで別の生き物のように揺らぎ、これがいけない行為なのだと、——彼女の知らない、とても気持ちのいい行為なのだということをはっきりと知らしめた。

「自分で脚を開きなさい」

「で、でも……」

「早く」

「はい……」

エメラインは、命令ともいえるきつい言葉を聞き、立てた膝を小刻みに震わせながら遅々とした動きで開いていった。ここまで来たのだ。恥じらいは捨てないと。それに、エメラインのような女が、女性経験の豊かな男を虜にしようと思ったら、ちょっとやそっとの努力ではどうにもならない。この程度はたやすくできるようにならなければ……。

「もっと」

もういいだろうと思って動きを止めると、ルーファスの声が響き、エメラインは目を固く閉じ、極限まで脚を開ききった。すると、想像もしていなかった熱欲がその部位から放たれ、慣れない快感からじんわりと広がった。

「男を知らないことが、はっきりとわかる色合いですね。男どころか、自分の指も。

ほら、目を開いて、よくご自分でごらんになってください」

エメラインは、恐る恐る目を開き、生まれて初めてその部位を正面から見返した。そこは赤く色づき、なにかをこぼしはじめている。

「どうですか。あなたのここはとてもきれいでしょう」

「そんなの……わかりません……」

自分にはここがきれいだとはとても思えなかったが、ルーファスが言うのだから間違いない。彼の言葉はあまりに甘美で、彼が自分をほめてくれると、悦びの波が体中に浸透した。彼は、彼女を誘うように、首筋に唇を近づけ、接吻しながら言った。

「指で開いてみてください」

「え……」

「これだけじゃ、大してよくわからないでしょう。ちゃんと奥まで開いて見てごらんなさい」

「も……、もう結構です……。これで……十分……」

「じゃあ、私に見せてください。あなたは十分でも、私は十分ではありません。あなたのここがどんなものか知らなければ、あなたに適切な助言ができません。女性によって、ここはまったく異なりますから」

彼の言葉には、さして深い意味はないのだろうし、一般論なのに違いないが、エメラインはこらえがたい息苦しさを覚えた。

彼の手つきからも、指先からも、吐息からも、彼が女性に慣れていることがわかる。「清らかな身ではない」という彼の言葉を思い出し、胸が強く締め付けられた。だが、そんな彼だからこそ、エメラインに何もかもを教えられるのだ。

エメラインは何度も自分にそう言い聞かせたが、胸にやってきた重い感情を払いのけることはできなかった。ルーファスは、鏡の中からじっと彼女を見つめている。エメラインは、その視線の熱さにたえきれず、自分の部位に両手をかけた。

秘裂を包む左右の盛り上がりに手を添え、ゆっくりと開いていく。まだ閉ざされていた花びらが震えを帯び、彼女の指に合わせて妖しくうねり、ほころんだ。花びらの付け根の溝が開かれ、それに合わせて花びらがうごめき、秘裂の内部がすべて鏡に映し出されると、エメラインは恥じらいをこらえることができず、まぶたをぎゅっと閉ざした。冷たい空気が熱い息吹に触れただけで、淫蕩なときめきがやってくる。彼女の発する熱はすぐその冷気を押し返して秘裂の表層で混じり合い、この上ない劣情となって彼女を悶えさせた。

その部位が、自分でも信じられないほど大きなさざ波を立てている。こんなにもくねって、ここはどうなっているのだろう。それだけではない。さっきから、何かがたえまなくとろけ出している。恥ずかしいはずなのに、――恥ずかしくて仕方ないのに、たえがたい羞恥は、激しい欲望の流れとなって彼女の全身を駆け巡った。

ルーファスは、彼女の内股をなぞりながら、賞賛するような声を上げた。

「ここもとてもきれいですよ。こんなにきれいなものを見せられたら、むらむらと陵辱したくなってきます。あなたのここを散らすのは、さぞ楽しいでしょう。健康な男だったら、ここを見ただけでもう虜になってしまいます」

「陵辱だなんて……そんな……」

エメラインはわずかに首を縮こまらせたが、ときめきを感じたことも事実だった。

「ご安心ください。簡単に虜になられては、私がいる意味がありません。それに、あなたを陵辱しただけで満足するような男にあなたを渡すことはできませんし、それだけで満足させるような体にはしませんよ」

あなたを渡すことはできない……、というルーファスの言葉は、何を意味するものだろう。その響きは、思ってもみず快く、彼女の中に甘い蜜となって広がった。

これは独占欲なのだろうか。彼が自分にこんなことをするのは、本当はなぜなのだろう。女に触れることができるから？

だが、自分にそれだけの価値があるようには思えない。

女としてはさして魅力がなかったとしても、男爵令嬢という地位に興味を持っているとも考えられる。彼が、いくら女性に不自由したことのない身だったとしても、育ちのよい未婚の淑女にこんなことのできる機会はこれまでなかったはずだ。

エメラインは、ルーファスの真意がわからないまま、鏡の彼を潤んだ瞳で見つめ返した。

「自分の体を見てどうですか。とてもきれいでしょう」

「わたくしには……わかりません……」

「ぬらぬらと光って、男を誘っていますよ。さっきからずっと動いているでしょう。少しばかり動きすぎだとは思いませんか？」

「わたくしがしているわけでは……」

「私は、あなたが私に入れてほしくて、わざとこんなことをしているのかと思いました。では、あなたの体は、よほど男をほしがっているのでしょうね」

「そんなこと……ありません！」

「男をほしがる体は、男が求める体でもありますから、悪いことではありませんよ。むしろ、とてもいいことです。ほら、あなたの中から何かが出ているのがわかりますか？」

ルーファスが、背後から彼女の内股に手を伸ばし、うごめく秘裂にそっと触れた。

「はン！」

エメラインは体をびくつかせたが、彼は、ほんの一瞬そこに溢れたものをすくっただけで、長々とふれてはいなかった。わずかな刺激は、閃光《せんこう》のように彼女の中でまたたき、秘裂の中心が何かを欲しているのをはっきりと知らしめた。

「ほら、目を開けて、ちゃんと見てください」

ルーファスが、自分の指を彼女の眼前に持ってきた。そこに焦点を合わせると、ぬるぬるとした透明な蜜がまとわりついている。

「これはとてもおいしいものなのですよ。なめてごらんなさい」

「いや……、いやです……！」

エメラインは、唇に押しあてられた指先を拒絶し、大きく顔を背けたが、ルーファスは彼女が本気で拒むと、それ以上強要はしなかった。

「こんなにおいしいのにもったいない」

そう言って、ルーファスは指に絡みついた彼女の蜜を舌を出してなめ取った。彼が透明な蜜をさもおいしそうになめると、エメラインの背中に理解しがたいしびれが走った。ルーファスの行為はあまりに淫らで、彼女を見る双眸は欲望の輝きで光っていたが、彼女はそれが途方もなく恥ずかしい反面、途方もなくうれしかった。

ルーファスは、ひととおり指をなめてから、開いたままの部位に視線を下ろした。

「あなたのここは、本当にいやらしい匂いがしますね。部屋中があなたの匂いでいっぱいですよ。男はこの匂いに引きつけられるんです。まさかいつもこんな匂いをさせているわけではないでしょう」

「お願い……、そんな言葉……、もうやめてください……」

「本当のことですから仕方ありません。さあ、自分でもよく見て」

ルーファスがエメラインを促し、彼女はまた鏡に目を向けた。そこは恥じらうように赤く、蜜に濡れて、鏡と同じぐらいきらきらと光っている。見慣れた体の中で、そこだけが異質に感じられ、自分の一部とは思えない。ルーファスには、ここがそんなにきれいに見えるのだろうか。ただのお世辞かもしれないけれど……、その言葉はこの上なく心地よい。

「ぁぁッ」

ふいに、ルーファスが指先で秘裂をなで、エメラインは悩ましい声を上げた。思わずそこから手を離そうとすると、またルーファスが秘裂をなで、エメラインは快楽のあまり背中をのけぞらせた。奥底から蜜が溢れ返り、寝具を汚すのがはっきりとわかる。表層にそって軽くなでられているだけなのに、自分の知らなかった愛欲がこみ上げ、エメラインは陶然とした。

「いまはまだよくわからないかもしれませんが、女の体はふれればふれるほどよくなっていきます。虫が這っただけで快感を覚える体にするのが、私の役目です」

「そ、そんな……こと……」

ルーファスが、後ろのくぼみから秘裂の上端ぎりぎりまで何度も何度もなぞり上げた。行為が繰り返されるうち、彼の言葉どおり快楽が増し、さわられるほどに気持ちよくなっていく。大した力ではないのに、感じたことのない愉悦が下腹の中心を突き上げ、恍惚とするほどの劣情が彼女を虜にしていった。

「ンンはぁ……」

ルーファスが、花びらの付け根の溝をえぐるように指先でかき、もう反対の溝に爪を立てた。エメラインの指を押し退けるように、盛り上がった部位を手のひら全体で包み込み、いやらしくもみ上げる。彼が秘部をこね回すと欲望がこみ上げ、目のくらむような官能を覚えた。男性を虜にする方法を教えてもらいに来たはずなのに、虜になっているのは自分の方だ。

「わたくし……、こ、こんなことをされて……何も学んでいません……」

「最初から学ぶ必要はありませんよ。まずは慣れていかないと。ほら、ここが一番大事なところです」

「ふぁあっ」

ルーファスが、秘裂の中心に指先をあて、入り口を軽くくすぐった。歯がゆいような淡い焦熱が燃え上がり、同時に、その部位が激しく収縮した。ルーファスが背後からあいた手で乳房をいじり回し、尖った先端を絞ると、もう限界だった。エメラインは大きく首を反り返らせ、最初の高みに到達した。

「ンあぁ……ッ、ッあああ……」

体がびくびくと震え、腰が軽く痙攣する。快い熱が行き交い、何かが終わったのを感じたが、逆にもっとほしくなった。

「これで自分の体がどんなものか少しはわかったでしょう。次は男の体ですよ」

「え……、そ、それは……」

ルーファスが、自分の腰をエメラインに押しあてると、驚くほど熱く硬いものが突き刺さり、彼女は小さく肩をすくめた。エメラインの体も熱かったが、そこは彼女とは比べものにならないほどの熱を発している。そこがどこかすぐにはわからなかったが、彼が強くすりよせると、おぼろげながら理解した。だが、こんな風になっているのはいったいどういうわけだろう。少なくとも最初からこうではなかったはずだ。

「さわってごらんなさい。ここがどんなものか知らないと、話になりません」

「は、はい……」

エメラインは素直に頷き、頬を染めながら、背後に手を回して彼にふれた。そこは、ズボンがきつくて仕方ないというように布地を大きく押し上げている。上部を包み込むように手のひらをあてがうと、人間の一部とは思えないほど硬く、ズボンを隔てていてもたぎるような熱を感じることができた。

「どうですか」

「とても……、硬くて……大きいです」

「これがあなたの中に入るんですよ」

「やっ……」

エメラインは、思わず彼から手を離した。こんなものが、自分の中に入るだなんて。いくらなんでも、裂けてしまうのではないだろうか。少なくとも相当痛いのは間違いない。そんなことが自分にたえられるだろうか。――相手がルーファスだったら、どんなことでも我慢できるだろうけれど……。

エメラインは、もう一度そろそろと彼に手を伸ばした。上方をゆっくり摑んで、形を確かめるように手のひらを動かしていく。だが、ズボンの中にあるため、よくわからない。彼女が、くまなくふれようとしていると、ルーファスが彼女の手とズボンの間に手を差し入れ、ボタンを外して自分をそこから取り出した。

「あ……」

エメラインがわずかにおびえると、ルーファスは、彼女の腰を摑んで持ち上げ、自分の腹に乗せた。エメラインの秘部に熱い塊が擦れ、彼女は慌てて脚を閉じたが、それはわずかな隙間を通って敏感な部位を摩擦しながら彼女の前に現れた。下方に視線を移すと、内股の間からさきほどまで自分の触れていたものが飛び出している。

「いや……」

あらがうような声を出したが、本当にいやだったわけではない。ただ、驚いただけだ。彼の部位は、彼女の茂みから突き出しながら、上方に向かって大きく反り返っている。秘裂の割れ目が硬い杭《くい》にそってぴったりとあてがわれ、快楽の余韻が残った体は彼の脈動を感じただけでふたたび到達しそうだった。その部位を拒もうとして内股を固く閉じるが、彼女の間で屹立《きつりつ》したものが消えることはなく、結果、かえってそれをきつく咥《くわ》え込む格好になる。柔らかい女の体とは違い、男の部位は特別に硬く、大腿に挟み込んでいるし、そこだけ特異なのがはっきりとわかった。

ルーファスが、エメラインのあごを掴んで彼女の視線を自分に向け、エメラインは、どくどくと脈打つ部位を見て、のどの渇きをいやそうとするように何度も唾液を飲み込んだ。だがそれは、体の渇きのような気もした。

彼が脈打つたび、自分の秘裂も波を重ね、彼女に快楽を伝えていく。彼を離すまいとしてさらに深く内股を閉じると、下腹全体に彼の熱と硬度を感じた。

エメラインの奥底から、いやらしい蜜がたえまなくこぼれ出す。内股に挟んでいるだけでこんなにも欲望を感じるなんて、育ちのよい淑女にはあるまじきことではないだろうか。

もっとも、いまはそんなことを気にしている場合ではない。自分はもうここまで来てしまったし、すでに完全に清らかな身とは言えないのだ。

昨日、ルーファスは別れる間際、「最後の行為をしなければ、問題はありませんよ。あなたは純潔ですから、誰とでも結婚できます。そして、私も自分の分はわきまえています」と言い、彼女を安心させた。だが、彼の言葉を思い出すと、わずかな寂しさと切なさを感じる。自分はルーファスにとって、一歩手前の行為を教える生徒にすぎず、彼は自分にどんな感情もいだいていない。それが、ひどく心苦しい。

エメラインが、興奮した男の部位を初めて秘裂に感じながら、その情熱に浸っていると、ルーファスが声をかけた。

「見ているだけでは、慣れることはできませんよ」

エメラインは彼の言葉を聞き、吸い寄せられるように、自分の茂みから突き出す彼の部位に手を伸ばした。指先でこわごわなぞり、奇妙な形をした先端から、張り出した部位、その下のくびれ、さらに幹を伝って付け根へと指を動かしていく。彼の裏側にそって手を動かすと、自分の内股を自分で慰めているようで、ひどく淫らな気がしたが、彼女は自分の間を通って屹立する部位から目を離すことができなかった。

彼の先端からとろりとした粘ついた液が漏れ、幹にそって下りていく。エメラインは、透明な液を人差し指ですくい、粘度を確かめるように液にそって指を下ろした。

「どうですか？」

「男性は……、みんなこんな風なのでしょうか……」

「みんな同じというわけではありませんが、まあ、こんなものだと思えば、さほど驚くような目にはあわないでしょう」

「こんなの、わたくしの中には入りません……、とても大きくて……」

「大丈夫ですよ。そのために必要なことはしますから」

「どんなことですか？」

「それはまたいずれ」

そう言って、ルーファスは彼女を背後から抱きしめ、腰を下腹から突き上げた。

「ンぁぁ……！」

灼熱の杭が、彼女の秘裂を擦りつけ、これまでとは違った快楽が彼女をいやらしく狂わせる。ルーファスが腰を動かし、触れた部分が摩擦されるたび、淫奔な愉悦が彼女の体に広がった。

「あっ、あっ、あぁっ……」

杭が秘裂を割って、ひくつく入り口まで刺激する。花びらが幹に張り付き、蜜が絡み合うと、エメラインは欲望を逃すまいとするように内股に力を込めて彼を強く挟み込んだ。

ふいに、ルーファスが動きを止め、エメラインは、「あぁ……」と小さな声を上げた。鏡に映った自分を見ると、きちんと服を着たルーファスに一糸まとわぬ自分が背後から抱きしめられている。脚の付け根からは、見たこともないものが飛び出し、自分はそれをしっかりと咥え込んでいた。あまりにはしたない情景だが、それゆえ、淫蕩な快感は増し、淫らであればあるほど、彼女に自分のなすべきことをはっきりと知らしめた。

秘裂はびくびくとうち震え、熱の楔《くさび》はたえまなく波打っている。この二つが、補完する関係にあることはすでにわかっていたが、それ以上、考えるのは怖かった。

それは、オベール伯となさねばならないことだったから。

彼を挟んだままでいると、秘部の喘ぎが激しくなり、こらえがたい焦れったさを覚えはじめた。彼の行為を待ち望み、下腹が何度もひくつくが、彼は動かないままだ。

ルーファスは、鏡の中のエメラインを見返し、彼女の肩にあごを乗せて、冷たさのこもった口調で言った。

「あなたが何もしないなら、永遠にこのままですよ。自分でしてごらんなさい。私を気持ちよくする手始めです。この程度なら簡単でしょう」

「ど、どうやって……」

エメラインが、うわずった声で訊くと、ルーファスが下方から彼女を突き上げ、杭の部分を割れた秘裂に擦りつけた。

「ふぁぁ……ッ」

　細い腰を片手でしっかりと抱きしめ、反対の手で彼女の手の甲を摑んで杭に伸ばし、秘裂にあてがわれたのとは反対の部位をさわらせる。彼が強く自分を握らせて上下させると、エメラインは最初はぎこちなく、やがてなめらかな動きで彼をなでさすっていった。

　彼の助けを借りながら、太い杭に指を絡ませ、強弱をつけてしごいていく。彼が、腰を動かしてエメラインの秘裂を刺激すると、いつしか彼女はルーファスの部位をしごきながら、淫らに下腹を揺らめかせていた。

「ンっ、ンっ……、ンあ、あっ……」

　自分の腰が意思に反して、いやらしく動いていく。反対の側面は、手のひらを使って全体を摩擦し、先端からくびれ、裏側の筋からその下にいたるまで入念にもみ込み、擦り、しごき、五本の指を上下させた。彼にふれていると、彼女の中にも興奮が満ち、腰から何かが盛り上がってきた。

　エメラインの表情が苦しげに歪められたのを見て、ルーファスは彼女の腰をさらに強く引き寄せ、秘部を裂くような勢いで下腹を鋭く動かした。

　その瞬間、彼女の中に青白い炎が行き交い、彼女は二度目の歓喜に投げ出された。

「ル……、ルーファス……、ああ……、ンああ……」

腰が心地よくうごめき、官能がきらめきとなって明滅する。彼から何かを絞り出そうとするように、下腹が何度も浮き上がった。生ぬるい感触に気づいて、下方に視線を下ろすと、ルーファスの先端から白い飛沫《ひまつ》が噴き出し、彼女の大腿にたっぷりとこぼれ落ちている。エメラインは、白濁とした息吹を指先ですくい上げ、見慣れぬものを見返した。

ルーファスが、彼女の耳に唇を寄せ、甘がみしながら囁いた。

「あなたは、接吻は知っていると言いましたね。いま私にしてみてください。本当に知っているかどうか確かめねばなりません」

「あぁ……」

エメラインは、陶酔したような声を漏らし、ほとんど無意識のまま彼に唇を重ねた。触れるだけの口づけのはずが、何かが彼女を突き動かし、気がつけば彼の口内に舌を差し入れていた。

初めての接吻――。

ルーファスには、体のすべてを見られ、いやらしい高ぶりも与えられたのに、接吻は初めてだ。舌が優しく絡まると、気の遠くなるような官能に見舞われ、彼女は背筋をわななかせた。

「わたくし……、オベール卿を虜にすることができるでしょうか……」

「もうしているかもしれませんよ」

ルーファスはそう言ったが、エメラインはその言葉を聞くより早く、快いまどろみに誘い込まれた。

第三章　結ばれぬ恋の芽生え

「今日は、マダム・ド・コーヴァンとお買い物なのですって、エメライン。――エメライン？」

エメラインは、われに返って顔を上げた。食卓の斜め向かいから、母がエメラインを不審そうに見返している。隣にいる父は、昨日、またデニスと口論したらしく、いつも以上に不機嫌だった。デニスは、銀のスプーンで卵を割っていたが、なかなかうまくいかず、結局は卵台を自分から離してスコーンにナイフを入れ、ジャムとクリームをぬりはじめた。

エメラインは、母に言った。

「ええ、お母さま。ここから馬車で三十分ほど行ったところに街があって、最近、ファッションの店がたくさんできたそうなんです」

あれから、すでに三度、初日を入れれば四度、エメラインはルーファスのもとへ行っていた。彼から教わったのは、男性の体のこと、手で悦ばせる方法、どんな風に行為が始まり、どんな風に終わるのか……。この間は、ルーファスからある宿題を課せられた。エメラインは、「むりです！」といつにもまして激しく抵抗したが、彼が「なら、かまいません」と言うと、それ以上口答えすることはできなかった。

彼の冷たさも優しさも、傲慢《ごうまん》な言葉も命令も、何もかもがしびれるほど心地よい。これは、大切な親友を幸せにするためにオベール伯の心を虜にするレッスンなのに、いつのまにかルーファスにふれられること自体に喜びを覚えている。

レッスンの前、彼女の緊張をほぐすために話してくれる異国の寓話《ぐうわ》や、レッスンのあと、火照った体を静めるために教えてくれるさまざまな花言葉は、彼女を夢とあこがれの世界に導いた。こんなことではいけないとわかってはいたが、ずっと彼の話を聞いていたい、ずっと彼のぬくもりを感じていたい、ずっと彼に抱かれていたい、――そんな気持ちがいつのまにか芽生えていた。

幼い頃、名も知らぬ少年にいだいたのと同じように。

だが、どれだけ彼に惹かれようと、自分たちは結ばれない。オベール伯のことがなかったとしても、執事であるルーファスのことを父が認めるはずがない。

エメラインは、朝食に意識を切り替え、隣に座ったサーシャに視線を向けた。昨日の夜、のどが渇いてキッチンに水をくみにいった時、廊下でサーシャと出会ったのだ。サーシャはエメラインを見て、あからさまにうろたえ、エメラインが不思議そうな顔で「あなたものどが渇いたの？」と訊くと、「え、ええ……」と答えた。だが、サーシャの寝室は客用の二階で、ここはヴァルゲル家の子どもの寝室がある四階だ。エメラインが口を開く前に、サーシャが慌てて言った。

「下に行こうとしたけど寝ぼけてしまったの。わたしったら、そそっかしいんだから」

サーシャは、取り繕うようにほほえんだが、その笑顔はどこか不自然だった。


マダム・セリネットの馬車が来たのは、昼食を終えた頃だった。エメラインは、首のつまった清楚なクリーム色のデイドレスを着て、水色のリボンがついた麦藁《むぎわら》のボンネットをつけていた。日傘は母のお下がりだったが、流行を感じさせない型のため、マダム・セリネットの前で差しても恥ずかしくはないだろう。母からは、ドレスを一着買えるだけの小遣いを渡されたが、簡単に使っていい金でないことはエメラインもわかっている。

御者の手を借りて馬車に乗り込み、奥に座ったマダム・セリネットにあいさつしようとして、エメラインは「あっ」と小さな声を上げた。マダム・セリネットの向かい側、――馬車の進行方向とは逆向きにルーファスが腰を下ろしている。

「ルーファス！」

エメラインは目を見張ったが、その先を続ける前に馬車が動き出し、彼女は態勢を崩して転びかけた。ルーファスが、すかさず彼女を抱きとめ、マダム・セリネットの隣に座らせた。エメラインは頬を紅潮させたが、マダム・セリネットは特に気にした様子もなく、ルーファスはすぐ自分の席に戻った。

「どうしてあなたが……」

エメラインは、腰を落ち着けてからルーファスを見返した。いくら彼が信頼のおける執事だったとしても、主人の妹とともに馬車に乗っていいとは思えない。

エメラインがもの問いたげな顔をすると、マダム・セリネットが口を開いた。

「ルーファスのことは気にしないで。男性がいた方があなたも安心でしょう。箱入りの男爵令嬢なのだから、ロンドン以外のところで買い物をするのは勇気がいるはずよ」

「マダムがいらっしゃるなら大丈夫です」

エメラインは、黒いフロックコートを着たルーファスをちらりとうかがった。杖は持っていなかったが、帽子はかぶっているため、上流階級の紳士といったいでたちだ。

馬車は広かったが、長身のルーファスがいるとずいぶん狭く感じられ、長い脚を組んだ姿は執事というより横柄な貴族のようだった。彼がこんな風にくつろいでいられるのは、彼とマダム・セリネットが、主人の妹と執事という以上の関係にあるからだろうか……。

エメラインは唐突に息苦しさを覚えたが、馬車の中にいるせいだと思い、深く考えるのはやめにした。

今日のマダム・セリネットは、ベルベットの緋色のドレスに白い飾り羽根のついた焦げ茶色のボンネットをかぶっていた。のどもとまでしっかりつまったドレスだったが、胸元は美しく盛り上がっている。

エメラインは、豊かな体つきを見てわずかに俯いたが、ルーファスの視線を感じて顔を上げると、彼はいつもと同じ笑みを浮かべていた。

「ルーファスったら、あなたのドレスを自分が見立てるって言って聞かないのよ」

マダム・セリネットが、子どものわがままに手を焼く母親のような声を出した。

「わたくしのドレス、ですか……」

母からお小遣いをもらってきてよかったと思うが、姉妹三人で着回すにしろ、贅沢をするのは気が引ける。エメラインが、何か言おうとして口を開きかけた時、

「今日はわたくしに払わせてちょうだい」

とマダム・セリネットがほがらかに言った。

「この間、あなたを驚かせてしまったおわびよ。それに、あなたが来てくれるおかげで温室もむだにならずにすんでいるわ」

「あんなにきれいな温室なんですもの。むだになることなんてありません」

エメラインが熱心に答えると、ルーファスと目が合い、彼女はとっさに視線をそらせた。

しばらくすると、馬車はヒースに囲まれた景色をすぎ、さまざまな商店が軒を連ねる街中に入った。マフィンを並べた盆を頭に乗せて、振り鈴を鳴らしながら歩くマフィン売り、焼きたてのパンを店頭に置いた店があちこちにあり、少し進むと、陶器や調度品、服飾品を売る店が増えてきた。ロンドンほど華やかではなかったが、必要なものはすべて手に入る。馬車が停まると、まずルーファスが先に降り、次にエメライン、最後にマダム・セリネットが地面に足をついた。

ルーファスが、マダム・セリネットの指にふれている時間が、自分よりずいぶん長く感じられた。気のせいだと言い聞かせたが、やっぱり自分よりは長かった。

「ここよ」

マダム・セリネットが、目の前にあるいかにも高級そうな店に入った。品のよい何人もの女店員が、エメラインたちを見て優雅に頭を下げ、マダム・セリネットは臆することなく奥へと進んだ。既製品のドレスだけでなく、ボンネットや最新のハット、いくつものコルセットが並べられている。

男性が入る店ではなかったが、ルーファスもマダム・セリネットも女店員も、ごく自然に振る舞っていた。女店員の様子からして、マダム・セリネットのなじみの店な

のだろう。こんな店に入ったことのないエメラインが、圧倒されて動けないでいると、ルーファスが背後から、

「ナイトガウンを選んでください」

と言った。

「私の主人を悩殺できるようなとびきりセクシーなものを」

「の、悩殺って……！」

エメラインは、自分が大きな声を出しすぎたことに気づき、慌ててマダム・セリネットを見たが、彼女は女店員たちと少し離れたところで熱心にドレスを見繕っている。

エメラインは少しほっとして、ルーファスをにらんだ。

「マダム・ド・コーヴァンがいらっしゃる前で、はしたないナイトガウンなんて買えませんわ」

「主人を悩殺したいなら必要なことです。それに、マダムはそういうことには開放的ですから、あなたがどのようなナイトガウンを購入しようと気になさいませんよ」

エメラインは、ルーファスに向かって不安そうな声を出した。

「開放的というのは……どういうことでしょう……？」

「進歩的ということです」

つまり、男性関係において、よくいえば積極的、悪くいえば奔放ということか。エ

メラインが気圧されたように口ごもると、ルーファスは面白そうな口調になった。

「女性は、もっとおしゃれを楽しむべきだと考えておられるということです。それに、あなたは見るからに清純な男爵令嬢ですから、どんなナイトガウンを買ったところで私が強引に買わせたと思うでしょう」

執事が、男爵令嬢にむりやりいやらしいナイトガウンを選ばせるという状況は、たとえ嘘にしてもおかしすぎはしないだろうか。

「セクシーなナイトガウンはいやですか？」

ルーファスが訊いたが、その言葉は強要であり、命令だ。

「いいえ……、その……とびきりセクシーなのがいいです」

エメラインは小さな声で言い、あなたがそれを望むなら……、と心の中でつけくわえた。

ルーファスは、慣れた様子で女店員を呼び、

「彼女はついこの間結婚したばかりなのに、夫が堅物で相手をしてくれないのです。ですから、どんなお堅い夫でも心を奪われずにはいられないようなナイトガウンを見立てていただけますか」

と頼んだ。

「かしこまりました」

上品な女店員は、恥ずかしいはずの注文に笑みで答え、店の奥から白いナイトガウンをいくつか持ってきた。エメラインが気に入ったのは、飾りリボンのついた大きなジゴ袖のものだったが、こんな少女趣味なものをオベール伯が喜ぶはずがない。

「これなどはどうでしょう」

次に店員が出してきたのは、胸ぐりが深く開いたノースリーブのものだ。肌の露出は多いが、男性にはどう見えるだろう。

「もっと……、そ、その……」

女店員は、「わかりました」と言いたげに頷き、もう一着、別のナイトガウンを持ってきた。

「奥さまはとてもお美しく、それに清楚でいらっしゃいます。ふだんは慎ましい方が、夜になると大胆に変身するのは、殿方にとってとても魅力的に映るものですわ」

エメラインは、目の前で広げられたナイトガウンを見て躊躇した。

「いくらなんでも……大胆すぎではありませんか」

「このぐらいがちょうどいいのです。旦那さまもきっとお喜びですよ」

どうやら彼女は、ルーファスがエメラインの夫だと思っているらしい。堅物の夫が、自分好みのナイトガウンを慎みぶかい妻にプレゼントしていると勘違いしたのだ。きっと今夜はすばらしい一夜をすごすに違いない、——エメラインは女店員のそんな考えまで想像し、頬を赤くしたが、なぜか女店員の勘違いは心地よかった。

「エメライン、いいのは見つかった？」

ハットを頭にあてていたマダム・セリネットが、離れたところから声をかけた。

「は、はい、その……」

こんなナイトガウンをマダム・セリネットに見られたら困ると思ったが、女店員は彼女の不安を読み取ったように、ナイトガウンを折り曲げて腕にかけ、マダム・セリネットの脇を優雅にすりぬけ、すぐさま箱にしまい入れた。

＊＊＊

三人は、ティールームで休憩してから、また馬車に乗り、マダム・セリネットが行ってみたいという公園に向かった。ルーファスによれば、さまざまな木々が植えられ、花壇もきれいに手入れがなされているという。三人ですごす時間は、これまで感じたことがないほど楽しく、また幸せで、サーシャと一緒にいる時とは違う種類の喜びがあった。そして、サーシャといる時には決して感じることのない胸苦しさも。

マダム・セリネットとはずいぶん仲良くなったが、彼女がとても優しく上品な女性であることがわかるにつれ、彼女とルーファスとの関係が現実のものとなってエメラインを苦しめはじめた。自分は、もはやルーファスに好意以上の感情をいだいている。もしかして、これは恋なのだろうか。——恋？

エメラインは、息を呑み込んだが、その息はずいぶん浅かった。胸の中に熱い気持ちが渦を巻き、彼女の呼吸を妨げる。そうだ、自分はルーファスに恋をしている。彼に会うのが毎日楽しくて仕方ないのも、彼にふれられている時にしばしばオベール伯のことを忘れるのも、ルーファスの声をずっと聞いていたいと思うのも、彼と一緒にいて快さを感じるのも、マダム・セリネットとルーファスのことが気になって仕方ないのも、すべて恋をしているせいだ。

執事との恋など父が許してくれるはずはない。だが、もう遅い。

馬車に揺られ、マダム・セリネットとルーファスが楽しげに話しているのを見て、エメラインはふいに自分が仲間外れになった気がした。マダム・セリネットは必ずエメラインに頷きかけ、彼女の考えを聞きたがったし、ルーファスもマダム・セリネットと同じだけエメラインに話しかけたが、その思いは変わらなかった。

ルーファスは、十六歳の時からコーヴァン家に仕えているという。マダム・セリネットは三十二歳ということだから、ルーファスがコーヴァン家に来た時は二十一歳。あれだけ美しいにもかかわらず、コーヴァン姓を名乗っているとなれば、間違いなく未亡人だ。そんな女性が執事と関係を持つことは、ありえないとはいえない。

自分はルーファスのことを何も知らない。彼がどうしてオベール伯に仕えるようになったのか、この十一年どんな生活をしてきたのか、彼は何人の、どんな女性たちと愛を交わし合ったのか、その中の誰を一番愛したのか、恋人はいるのか、それはマダム・セリネットなのだろうか……。

自分は、ルーファスからレッスンの話を持ち出された時、自分でも気づかないところで喜びと期待を覚えていた。そして、その時から、すでに彼に惹かれていた。

だが、この恋心は、封じ込めておかねばならない。彼は執事だし、それ以前に、自分はオベール伯と結婚する目的で彼のそばにいる。彼もそのことを知っているし、彼が自分の主人に嫉妬をするそぶりはない。エメラインが、マダム・セリネットにいだいているような感情は、ルーファスには存在しないのだ。

エメラインが、うまくオベール伯の妻になることができれば、毎日ルーファスと顔を合わせることになる。マダム・セリネットのことはともあれ、オベール伯に対するルーファスの忠誠心を考えると、彼がオベール伯の信頼を裏切って、その妻であるエメラインにいまと同じくらい親しく接することはないだろう。

ルーファスへの気持ちは断ち切らないと。彼に恋をしても、つらくなるだけだ。

エメラインはそう心に決め、フランスで飲んだショコラの話をする二人に思い切って口を開いた。

「その……大切なお話中すみません。実はオベール卿のことで……」

マダム・セリネットが軽くルーファスを見ると、ルーファスはすぐエメラインに視線を移した。

「主人がどうかしましたか？」

ルーファスが訊いたが、エメラインは彼ではなく、マダム・セリネットに言った。

「オベール卿とはまだ一度もお会いしていません。マダムにこれだけよくしていただいているのですから、ごあいさつが必要だと思います。なるべく早くオベール卿にお目にかかりたいのですが、ご都合はいかがでしょう」

男爵夫人ならともかく、社交界デビューもしていない未婚の女性が、伯爵を誘うのはあまり好ましいとはいえない。だが、虜にするのはむりだとしても、オベール伯がサーシャと結婚するのを迷うぐらいには、彼の気持ちを自分に向けさせる必要がある。

そのためには、夜のレッスンだけでなく、オベール伯がどんな男性かぜひとも知っておかねばならなかった。

エメラインがマダム・セリネットに無邪気さを装ってほほえみかけると、彼女は助けを求めるようにルーファスをちらりと見た。ルーファスは、執事らしく慇懃《いんぎん》に答えた。

「何度も言っておりますが、主人はとても忙しく、時間が取れません」

「復活祭には、いらっしゃるとうかがいました。こちらに来られるのは、もしかして当日ですか？」

「いくらなんでもそんなことはありませんわ。クリストフにはそのうちに会えますから安心なさい」

マダム・セリネットが、この場を収めようとするように言ったが、エメラインは引かなかった。

「オベール卿は……どのようなお方でしょう。いろいろと評判を聞きますが、興味本位の噂話ばかりで、実際にどんな方かわかりません」

マダム・セリネットは、ルーファスに気を遣うように彼をうかがったあと、エメラインに視線を戻した。

「クリストフはとても優しい人よ」

エメラインが不満そうな顔になったことに気づいたのだろう、すぐ言葉を続けた。

「あとは……、そうねえ、少し気まぐれなところがあるかしら。お仕事に関してはとてもやり手で、強引な手法を使うこともあります。お金にあかせて、立ち退きを拒む貴族の領地をむりやり買い上げたり。でも、そのお金はすべて彼が自分で作ったものですから、代々受け継いだ財産を食いつぶすだけの怠惰な貴族よりよほどいいとわたくしは思っていますわ」

やはり怖い男なのだ……とエメラインは思った。だが、男は少しばかり強引な方がいい。強欲という噂も、マダム・セリネットの言葉を信じるなら、事業を成功させたから出てきた話のようだ。だが、もしお金儲けだけを考えるような男なら、結婚生活はひたすら花壇で花を育てることに愛情を注ぐことになるだろう。

マダム・セリネットは、エメラインの心のうちに気づいた様子もなく言った。

「特権と地位を濫用して悪辣《あくらつ》な行為をしてきた貴族が、泣きながら借金を申し込んできても、いっさい援助しないかと思うと、救貧院にびっくりするほどのお金を寄付したり、資産を惜しげもなく投じて、貧しい人々が安心してかかることのできる病院を建てたり。それと、しょっちゅう荒れ地を買い取って、きれいな草花を植えていましたわ。とにかくとても気まぐれで、何をするかわかりませんの」

エメラインの不安が、戸惑いに変わった。確かに気まぐれだ。冷酷で残忍なようにも思えるし、慈悲深い聖人のようにも感じられる。オベール伯がどんな相手か少しはわかると思ったのに、彼女の話を聞けば聞くほど、ますますわからなくなっていった。

「マダムにこんな質問をするのは……よろしくないとは思うのですが……」

「遠慮することはありませんわ。あなたとは、これから長いおつき合いになるんですもの。クリストフのことはしっかり知っておいてもらわないと」

エメラインは、彼女の言葉が少し気にかかったが、きっと「社交づき合い」という意味だろう。少なくとも、ルーファスがマダム・セリネットにエメラインの思惑を漏らしたとは思えない。オベール伯の妻の地位をねらっているという思惑を。

「オベール卿は、その……とても女性関係が派手だと聞きました……」

マダム・セリネットが怒り出すのではないかと思ったが、彼女はほほえんだまま丁寧に答えた。

「少なくとも清廉潔白ではありませんわね。色好みと言っても、クリストフは否定しないと思いますわ。でも、ロンドンに来てから、生まれ変わったように清らかな暮らしをしています。まるで好きな女性がすぐそばにいるみたいに」

サーシャのことだ、とエメラインは思った。ロンドンに来てから実物を見て、彼女以外、目に入らなくなったのに違いない。マダム・セリネットの言葉が本当なら、きっと彼はサーシャを大切にするいい夫になるだろう。けれど……。

マダム・セリネットは、今度はルーファスに目を向けた。

「こんなことを言ってしまって、わたくし、クリストフに怒られるかしら？」

「主人は、マダムのお言葉におおむね同意なさるでしょう」

マダム・セリネットは、声を立てて笑い、エメラインは勇気を出して訊いた。

「オベール卿は……、ど……、どのような女性がお好みでしょうか……」

「もちろん、あなたのような女性よ！」

マダム・セリネットがにこやかに答えた時、馬車が止まり、御者が昇降段をトろして扉を開いた。外に出ると、さまざまな花を咲かせる花壇が並んでいた。太陽はまばゆく、遊歩道は人々に心地よい陰を与え、少し進むと芝生に包まれた広場がある。

写生をする紳士、シャペロンのそばで読書をする若い淑女、猟犬をつれて歩く男性が、そこここで初夏の陽気を楽しんでいた。芝生の間からは、小さな花が緑に負けまいとするようにつぼみをほころばせ、緑の香りがいっぱいに満ちていた。

結局、オベール伯がどんな男か、エメラインには判断がつかなかった。冷酷だったり優しかったり、慈悲深かったり、好色だったり、清らかだったり、――とにかくわけがわからない。少なくとも草花が好きなのは、確かなようだ。ルーファスのような執事を雇っているのは、そのせいかもしれない。

ほかにわかっていることといえば、サーシャのように美人で、豊満で、――けれど、大人しくて、控えめな女性が好きだということ。マダム・セリネットは、エメラインのような女性が好みだと答えたが、ただの社交辞令だろう。

エメラインは、ふう、と小さな溜め息をついた。自分の目的が途方もなく遠い距離にある気がする。ルーファスが自分をもてあそんでいるとは思わないが、どうにもゴールがはっきりとしない。自分は正しい道を進んでいるのか、このままでいいのか、――ルーファスへの気持ちを抱いたまま、オベール伯のベッドに入ることができるのか……。

ふと、顔を上げると、マダム・セリネットがルーファスの腕に手を絡め、ぴったりと寄り添ってエメラインの前を歩いていた。エメラインは思わず足を留めた。胸苦しくて、息ができない。知らず知らずのうちに涙が滲んだ。

「エメライン嬢、どうしました？」

ルーファスが、エメラインの気配と足音が消えたことにすぐ気づき、こちらを向いた。エメラインは、すぐさま彼から顔を背けた。

「目にほこりが入りましたの。大したことはありませんわ」

「見せてください」

ルーファスは、マダム・セリネットの手をはねのけるようにして、エメラインのそばに来ると、背中をかがめて、俯いた彼女の顔を覗き込んだ。

「もう取れましたわ。ごめんなさい、気になさらないで」

ルーファスが、胸ポケットに入っていたハンカチを取り出し、エメラインの目尻にあてがった。エメラインは彼からハンカチを受け取り、水滴をぬぐった。

ルーファスが、心配そうな表情で、何か言おうとした時。

マダム・セリネットが、「あっ……」と小さな声を上げた。ルーファスが慌ててそちらに顔を向けると、焦げ茶色のボンネットが強い風に飛ばされて宙を舞っていた。

「わたくしは大丈夫ですから、マダムのところに行ってください」

ルーファスはわずかに躊躇したが、エメラインがほほえむと、

「すぐ戻ります」

と言って、ボンネットを追っていき、あとからマダム・セリネットもついていった。遠ざかっていく二人の背中を見つめると、止まったはずの涙がまたこぼれた。ルーファスからもらった白いハンカチで涙をぬぐうが、切なくて仕方ない。

このハンカチには、どれだけの愛情がこもっているだろう。まわりは花や緑に囲まれているのに、悲しみが次から次に溢れてくる。

恋する気持ちがこんなにも苦しいなんて。心が痛くてたまらない。あの時はどうだっただろう……とエメラインは思った。自分が愛することのできる男性は、子どもの頃に出会った名前も知らない少年だけだったはずなのに、気がつけば違う男性に心を奪われてしまっている。子どもの頃の気持ちを忘れたわけでは決してない。アネモネの記憶は、彼女の大切な思い出だ。なのに、自分はルーファスに恋をした。思い出の愛は、色あせはしないものの、すでに別の戸棚にしまわれている。

いまは新しい戸棚が、彼女の前で開いていた。

「こんなことではだめ。もう泣きやまないと……」

エメラインは、目尻をひととおりぬぐったあと、涙で濡れたハンカチを見返し、両手で包み込んで自分の胸に持ってきた。静かな、それでいて悲しい鼓動を聞いた時、前方から誰かがエメラインに声をかけた。

「これはこれは、ミス・ヴァルゲルではありませんか」

顔を上げると、いかにも上流階級の紳士とおぼしき男が、少し離れたところから驚いたような表情でエメラインを見つめていた。

エメラインは涙の影から男を見て、軽く眉を寄せたあと、急いで涙を拭き取った。

「ビースレイ卿、お久しぶりです」

そこにいたのは、ヴァルゲル家と比較的親しいつき合いをしているビースレイ子《し》爵《しゃく》だった。

ビースレイ子爵は、五十歳になるエメラインの父よりほんの数歳だけ若く、白髪交じりの黒髪を短く刈り、真っ黒な口髭を生やしている。体つきは平均的で、顔立ちは整ってはいたが、全体のむだのなさがかえって印象を薄めていた。優雅なほほえみや物腰の柔らかさから、母を含めた社交界の既婚女性に人気が高かったが、あからさまな彼のお世辞が、エメラインには軽薄さを表しているように感じられた。

黒いハットと同色のフロックコート、白い手袋は、裕福な紳士にふさわしい縫製で、取っ手に金メッキが施されたマラッカ杖は、彼の自慢の逸品だった。

ビースレイ子爵は、二十代後半とおぼしき女性と一緒にいた。肉感的な体つきをした美しい女性だったが、華があるという点では、マダム・セリネットに遠くおよばない。女性はエメラインに婉然《えんぜん》とした、だが、わずかに攻撃的なまなざしを向け、エメラインは女性にも小さく会釈した。ビースレイ子爵は、エメラインの視線にすぐ気づき、

「彼女は私の妹です。——おまえはもう行きなさい。これ以上出歩いていては、夫に怒られる」

そう言って、道の端に駐まっていた辻馬車を呼び、彼女の背を押した。女性は、何もかもわかっていると言いたげな微笑を浮かべたあと、

「またお会いしましょう、お兄さま」

とどこかわざとらしい口調で言い、ビースレイ子爵の頬に、妹にしては少しばかり長すぎるキスをして辻馬車に乗り込み、その場を去った。

ビースレイ子爵に妹はいない。彼女がどういうたぐいの女性かすぐ気づくが、エメラインは育ちのよい淑女らしく、何も知らないふりをして、社交的な笑みを向けた。

「お久しぶりです、ビースレイ卿」

エメラインは、スカートを摑み、膝を曲げて会釈したあと、彼の足下に視線を走ら

せた。硬い大地から、黄色い花が懸命に花弁を広げている。どこにでもある花のせいか、ビースレイ子爵は気づいてはいなかった。

「ミス・ヴァルゲルは花がお好きでしたね。この間、薔薇《ばら》をお贈りしましたが、喜んでいただけましたでしょうか」

切り花はあまり好きではないと何度も伝えているのに、女性は花束を贈られれば喜ぶものだと信じ切っているらしく、邸に招いた時はいつも花束を持ってくる。下の妹が派手にはしゃぐから、エメラインと勘違いしているのかもしれないが、好意を持つことはできなかった。

ビースレイ子爵は、エメラインの周囲を視線だけで見回した。

「今日はお一人のようですな。いくらロンドンではないとはいえ、このようなところを育ちのよい淑女が一人で歩くのは外聞がいいとは言えません。私は、よく馬で散歩しますから、この公園のことはよく存じております。せっかくお会いしたのですから、この中で一番花が美しく咲いている場所にご案内しましょう」

「わたくし人と一緒です。申し訳ございませんが次の機会に……」

「誰もいないではありませんか。本当にきれいな場所ですからどうぞ、こちらへ。汚い雑木林を抜けたところにあるので、誰もそこを知りません」

雑木林に汚いところなんてない、とエメラインは思ったが、ビースレイ子爵は日傘を差した彼女の肘に手をかけ、なれなれしく体を寄せて、彼女を強引に歩かせようとした。上流階級の紳士が、未婚の淑女にこんな行為を働くのは非礼以外のなにものでもなかったが、落ちぶれた男爵令嬢が、裕福な子爵の機嫌を取るのは当然だと考えているのだろう。彼が穏やかな笑みを浮かべれば浮かべるほど、エメラインを見下していることがはっきりと感じ取れた。

「わたくし、本当に人を待っているんです」

「上流階級のご令嬢が、大声を出すものではありません。私が恥ずかしい思いをします。あなたの大好きな花を見せて差し上げますから、ついてきてください、さあ」

ビースレイ子爵が恩着せがましく言い、エメラインはとうとう彼の手を強く振り切った。同時に、日傘の角がビースレイ子爵のズボンに引っかかり、彼のポケットから何かが落ちた。エメラインは体勢を崩し、地面に足をつこうとしたが、そばに咲いた花をよけたせいで、ビースレイ子爵が落とした何かを踏んでしまった。

「あ……！」

「何をっ」

エメラインとビースレイ子爵が同時に声を上げ、エメラインは、その場で尻餅をついた。ビースレイ子爵は彼女を助け起こそうとはせず、彼女の足下に落ちたものを慌てて拾い上げた。エメラインは、スカートを摑んで立ち上がり、ビースレイ子爵の手の中にあるものを心配そうに覗き込んだ。

「申し訳ございません。わたくし、大変なことをしてしまったのではありませんか」

「残念ながらそのようです」

ビースレイ子爵は、表情をほんの少しだけ曇らせ、エメラインに手の中のものを見せた。そこには、ふたの開いた銀の懐中時計が載っていた。針は動いていたが、丸いガラス盤に小さなひびが入っている。

「ご、ごめんなさい！　どうしましょう」

エメラインは、日傘を地面に置いたまま、泣きそうな顔をした。

「弁償いたします！　本当にごめんなさい。その……どこのお品でしょう……？」

「これは先日、フランスから取り寄せたものですよ。弁償すると言ったところで、ロンドンで簡単に手に入る代物ではありません」

ガラス盤を替えるぐらい簡単にできるはずだが、ビースレイ子爵は、それがさもむずかしいことだと言うように大きな溜め息をついた。

「わたくし、なんでもいたしますわ！　ですから……」

「なんでも、ですか」

ビースレイ子爵の目がきらりと光る。エメラインは、蛇《へび》は決して嫌いではなかったが、いまのビースレイ子爵の目は蛇が獲物に狙いを定めた時のようだと思った。

「では、花を見に行きましょう。それでこのことは忘れます」

ビースレイ子爵が、今度は強い力でエメラインの肘を摑んだ。エメラインの中に言いしれぬ不安がやってきた。本当に花を見るだけなのだろうか。彼は人のいない場所だと言っていた。上流階級の紳士が、まさか不埒なことはしないと思うが……。

「ビースレイ卿、本当にいまわたくしは人を待っているのです。次の機会に改めておわびをいたしますので、今日はお許しください」

「あなたの話が事実だとしても、淑女を一人で待たせるような者とのおつき合いは、ヴァルゲル男爵家の名をけがすことになります。このことはご両親には内緒にして差し上げますから、私の言うことをききなさい」

「本当にこちらから正式におわびをさせていただきます。ですから、いまはその手をお離しください」

エメラインがかかとを踏みしめ、ビースレイ子爵が強引に彼女の肘を引っ張った。

その時——。

「何をしている！」

突如、エメラインの視界が大きな影でおおわれた。何が起こったのかわからず、息を呑んで顔を上げると、そこにルーファスの背中があった。深い安堵と心地よい幸福感がエメラインの中に広がった。人の足音に気づいて背後に視線を向けると、ボンネットをかぶったマダム・セリネットが心配そうにこちらを眺めていた。

「いやがる淑女の肘に手をかけるのは、紳士のなさることではありません」

ルーファスがそう言うと、ビースレイ子爵が、あからさまな怒りを浮かべ、一歩足を踏み出した。その瞬間、彼が、エメラインのよけた花を踏みつけた。

「あっ！」

エメラインは小さな悲鳴をもらし、彼の足下に跪《ひざまず》こうとした。それより早く、ルーファスが、彼の胸に手のひらを差し向けた。

「申し訳ございませんが、靴をどけていただけますか。花を踏むのは、無粋です」

ルーファスは、これ以上ないくらい丁寧な口調で言い、ビースレイ子爵は苛立たしげに彼の視線の先を追ったあと、自分が紳士であることを示すように靴をどけた。花の茎は曲がっていたが、少し経つとゆっくり形を取り戻しはじめた。

ビースレイ子爵は、ルーファスを正面からにらみつけた。

「きさまは何者だ。紳士の心得を子爵であるこの私に説くぐらいなのだから、よほど名家の出なのだろうな」

ルーファスは、「子爵」という言葉を聞いても、まったく臆する様子はなく、冷徹とも言えるまなざしでビースレイ子爵の双眸を受け止めた。

「私は執事です」

ルーファスはそれだけを口にした。ビースレイ子爵は唇を歪め、瞳にあざけりの色を滲ませた。

「執事ごときが私に手をかけるとはなにごとだ。邸をあけてこのようなところに来るということは、おまえが仕えているのは、大した主人ではないようだな」

「お好きにご想像ください」

「私はミス・ヴァルゲルに不埒な行いをしていたわけではない。彼女が私の懐中時計を壊したので、話をしていただけだ。自分が下劣《げれつ》なことをするからといって、子爵である私が、おまえと同じことをすると考えられては困るな」

ビースレイ子爵は、そう言ってガラス盤にひびが入った懐中時計をルーファスに見せた。エメラインは、ビースレイ子爵の前に進み出た。

「彼を侮辱するのはおやめください。いまの言葉を取り消し、彼に謝ってください！」

エメラインがさらに何か言おうとすると、ルーファスが彼女の肩に優しく手をかけ、彼女を後ろに引き戻した。ビースレイ子爵は、寛容さを誇示するように、

「ミス・ヴァルゲル、あなたの非礼は許しましょう」

と言ったあと、ルーファスに視線を戻した。

「これはフランス製の時計だ。おまえが弁償するというのならともかく、執事ごときの給金でどうにかなる代物ではない。それがわかれば、私たちの話に口出しはせず、立派な主人のもとに戻るといい」

ルーファスは、ビースレイ子爵が差し出した懐中時計に軽く目を細めたあと、表情を変えないまま右手にはめていた時計を外した。

「どうぞ、これを。あなたの懐中時計を弁償するには十分のはずです」

「そんな安物を渡されたところでどうにもならん。執事にとっては高価な代物なのだろうが、貴族の持ち物と一緒にするな」

ビースレイ子爵がばかにしたように鼻先で冷笑すると、背後にいたマダム・セリネットが驚きの声を上げた。

「ルーファス、それはあなたが二十歳の誕生日プレゼントにお父さまからいただいた大切な時計よ」

ビースレイ子爵は、初めてマダム・セリネットに気づき、豊かな曲線をなめるように見回した。マダム・セリネットが、ビースレイ子爵に向かって口を開いた。

「あなたも見る目をお持ちの方ならわかるでしょう。それはサントスと呼ばれるもので、あなたの懐中時計を補ってあまりあるはずです」

ビースレイ子爵は、ルーファスの時計を受け取り、大きく眉をひそめた。

「執事の持つような時計が、ですか」

時計をあらゆる方向から確かめると、疑わしげな表情が冷たいものに変化した。マダム・セリネットの言葉が事実だと理解したのだろう。彼は、ルーファスに時計を返そうとしたが、鼻から息を抜いたあと結局はポケットにしまい入れた。

「本当に父親からのプレゼントかどうか怪しいものだが、差し出すというなら受け取ろう。男の精一杯の見栄をはねのけるのは、紳士の振る舞いではないからな」

ビースレイ子爵は居丈高に言ったあと、エメラインに会釈した。

「今日はあまり時間がありませんでしたが、近いうちにまたお会いしましょう。その時はあなたに似合いの花束をお持ちいたします。——では、ご婦人、あなたにもいつかお会いできるのを楽しみにしています」

ビースレイ子爵は、洗練された仕草で帽子のへりを上げ、マダム・セリネットに愛想よく笑いかけてから、その場を去った。

エメラインは、ビースレイ子爵の姿が消えるより早く、ルーファスを見上げ、唇をわななかせた。

「ごめんなさい、ルーファス……、わたくしのせいで、お父さまからいただいた大事な時計を……。時計の代金はなんとしてでも払いますわ。お金でどうにかなる問題でないことはわかっています。ですが、一生をかけても……」

彼女の目からさっきよりはるかに大きな涙がこぼれると、ルーファスはエメラインが握りしめていた自分のハンカチを摑んで、ふたたび彼女の目尻にあてがった。

「そんな必要はありませんよ。あなたのためなら、父も許してくれるでしょう。あなたが本当に謝罪したいと言うなら、邸に戻って、あなたのナイトガウン姿を見せてください。おわびはそれで十分です」

＊＊＊

オベール伯の別荘に戻ると、マダム・セリネットは疲れたといってすぐ自室に行ったが、それが、エメラインたちを二人にするための口実だということはすぐわかった。

キッチンに向かったルーファスが、茶器の載った食台を押して客間に入った時には、エメラインはすでに着替えをすませていた。そのままの格好でルーファスを迎えるのが恥ずかしく、カーテンに巻き付き、顔だけを出したが、ルーファスはエメラインにはいっさい視線を向けず、角砂糖を四つとミルクの入ったカップに紅茶を注ぎ、軽くかき混ぜて、「どうぞ」と言った。エメラインが動かずにいると、ルーファスは、断りもなしに椅子に座り、自分のカップにも紅茶を満たして、ソーサーとカップを優雅に摑んだ。公園にいた時はあんなに優しかったのに、いまのルーファスは別人のようだ。彼は、紅茶に半分ほど口をつけたあと、エメラインを見ずに言った。

「宿題はちゃんとやってきましたか？」

エメラインは、カーテンを摑んだ手に力を込め、さらに深く自分を隠した。

「私の質問が聞こえましたか？」

「は、はい……」

「では、どうなのです？　やってきたのですか、こなかったのですか」

エメラインは息苦しさを覚えたが、その中には羞恥だけではなく、喜びもあった。

「その……方法が……よくわからなくて……」

「方法は教えたはずですよ」

「でも……、だって……」

エメラインは、もう一度口の中で「だって……」と言い、恥じらいで俯いた。

「三日の間、一度もしなかったんですか？」

「……」

「したんですか、しなかったんですか」

「しました……、その……二度……」

最後の方はほとんど声になっていなかったが、ルーファスは、相変わらずエメラインには視線を向けず、カップにミルクを継ぎ足し、スプーンで混ぜている。

「で、どうでした？　ちゃんと濡れましたか」

「わ……、わかりません……」

「指は何本入れたんです？」

「……怖くて……」

ルーファスは、紅茶の表層に目を下ろしながら、軽くカップを回した。

「確かにまだ何も入れていませんから、怖いのは仕方ないかもしれませんね」

エメラインは、ルーファスがいつ自分をここから出してくれるのかばかり気にしていたが、彼は部屋に入ってから一度もエメラインを見ていない。彼女がどこでどんな格好をしているのかまったく気づかないというように。ボンネットはもちろん、ドレスもコルセットも、――それ以外のものもすべて壁際のソファに置いているのだから、カーテンの中の姿はすぐわかるはずだ。エメラインは、とうとう口を開いた。

「わ、わたくし……、いつまでこうしていればいいのですか……？」

「あなたにそうしていろと言った覚えはありませんよ。あなたが勝手にしているのです。あなたは、いつまでそうしているつもりですか？」

ルーファスがやっと彼女に顔を向け、エメラインは顔に朱をちりばめながら、大きく深呼吸し、カーテンから手を離した。白金の光をまとった美しい蝶が、ルーファスの前で羽化をする。エメラインは、しなやかな体にさきほど買ったナイトガウンを身につけていた。

胸元は華やかなチュールで飾られ、前面には白いリボンが並んでいるが、布地は驚くほど薄く、彼女の曲線がはっきりとわかる。胸元と両のわき腹、脚の付け根には、精緻なレースが施され、その部分はあからさまに透けて見えるようになっていた。

すでに硬直した胸の先端や中心の薄い茂みが、ナイトガウンに滲み、そこだけが浮き上がっているようだ。その姿は扇情《せんじょう》的で、淫らな部分に男の視線をむりやり引き付けることとなっていた。

ルーファスは、エメラインのナイトガウン姿をすみずみまで見回した。胸のまるみとレースを押し上げる尖りは薔薇模様、脇腹と薄い茂みは蝶が羽を広げた意匠になっている。ガウンの丈は膝より少し下で、足首が見えるスカートをはくことさえ娼婦と同じだと考えられていたから、エメラインの姿は、全裸よりはるかに恥ずかしい格好といえた。エメラインは体を小刻みに震わせ、ルーファスの反応を待ったが、彼は、尖った胸の先端と薄い茂みを注視していた。

「ずいぶんいやらしいものを選びましたね。私は、そこまで露《あらわ》なものを着ろと言った覚えはありませんが」

「ですが……、の、悩殺できるようなもの……と仰いました」

「それでは着ていない方がましです。いくらなんでもはしたない」

エメラインは耳まで赤くなったが、いまさら着替えるわけにもいかない。

「シュミーズはともあれ、ドロワーズまで脱いでしまうのはどうかと思いますよ。それとも、もともと人前で脱ぐのが好きなのですか。従僕を呼びましょうか。その方が、興奮するでしょう」

「従僕だなんて……そんなことはおやめください……！」

「こちらへ」

ルーファスが言い、エメラインは躊躇したが、抵抗したら何をされるかわからない。結果、顔を赤くしながらゆっくり彼に近づいた。椅子に座ったルーファスの前で足を止め、彼の視線を受け止める。ルーファスは、カップの載ったソーサーをテーブルに置き、ナイトガウンを押し上げる胸の尖りをいきなりつまんだ。

「ふ……！」

鋭利な痛みが小さな部位を襲い、エメラインは背中をこわばらせたが、次の瞬間この上ない快楽となって彼女の下腹を刺激した。ルーファスは、片方の尖りを指でいじり回したあと、ナイトガウンの上に人差し指を立ててじりじりと動かした。指が動いているだけなのに、ふれる部分によってさまざまな種類の欲望がやってくる。

胸のまるみをつぶすように強く押さえたあと、脇腹からへその近く、腰骨に移動し、さらに下へ。ルーファスは、彼女の官能を知り尽くしているというように指先を大きく蛇行させ、膝頭にまでたどりついた。エメラインは、淫らな愉悦に浸るようにあごを上げ、艶めかしい息を吐いた。膝の近くまで到達した指先はいきなり向きを変え、ナイトガウンの上から薄い茂みの奥に入り込んだ。

「ぁあッ」

エメラインは肩をすくめたが、その部分のレースはあまりに薄く、彼が脚の付け根にできたわずかな隙間に指をねじ入れるとレースが秘裂を摩擦し、直接触られるのとは違った悦びをもたらした。敏感な部位にレースを擦りつけられると、独特の情欲がこみ上げ、秘部がびくびくと痙攣する。ルーファスが、レースごと秘裂の上で指を行き来させると、ねちねちという音がし、エメラインはさらに頬を紅潮させた。

「もうここはたっぷり濡れていますね。大して何もしていないのに。自分でさわって濡れないということはないはずなんですが」

三本の指が秘裂全体にあてがわれ、真ん中の中指がしきりと中心を行き来する。自分の奥からはしたない蜜がとめどなくこぼれ落ちるのが、はっきりと感じられた。

「どんな風に自分を慰めたのか見せてください」

「そ、そんなの、むりです……！」

エメラインはそう言ったあと、上目づかいにルーファスをうかがった。

「それに……こんなことがオベール卿を虜にするのに役立つとは思えません……」

「主人は積極的な女性が大好きなんです。それに仕事で忙しいから、女性が準備をしていれば時間が節約できます」

「節約だなんて……、ンはぁぁ！」

突如、ルーファスが五本の指で内股をわし摑みにし、エメラインは嬌声を上げた。鋭い刺激が秘部を包み込み、快感のあまり腰が砕けそうになる。ルーファスは、そんなエメラインの反応に気づいてはいない様子で、レースごと花びらをつまんで擦り上げ、ひくつく中心に指を立てた。どれだけ指を突き進めても、ナイトガウンを隔てているため、入り口がいじられるだけで奥にまでは入らない。エメラインにはそれがあまりに歯がゆく、いつしかねだるような喘ぎ声を漏らしていた。

「ンっ、ンっ、ンっ、……ああ」

ルーファスは、レースを使って内股の奥のあらゆる部位をくすぐった。花びらの溝から縦の割れ目、後ろにまで指を進め、背後のくぼみのふちにそって指の腹を回していく。エメラインは初めての感覚におびえおののいたが、途方もない悦楽にさらされたことも確かだった。

「ルー……ファス……、もう……」

「もう、なんですか？　今日はここまでにした方がいいですか？」

「あッ」

エメラインは、彼が指を抜くことを恐れて艶めかしい声を漏らし、彼の手が自分から離れないように秘部に思い切り力を込めた。ルーファスは、エメラインの意図をすぐさま理解し、レースを使ってしつこいぐらいに秘裂を前後に擦りはじめた。粘りつくような蜜の音に合わせ、閉ざされていた秘裂がどんどんほころび、中心を押し出すようにいやらしく腫れ上がる。その変化が、何を意味するかルーファスからすでに教わっていたが、何度経験しても恥ずかしい。自分の体が男を求めているなんて。ルーファスがほしくてたまらないなんて。ほかの誰でもない、ルーファスが。

　これは、オベール伯の心を虜にするためのレッスンなのに、自分はいつのまにかルーファスに溺れている。こんなことではいけないと思っても、ルーファスの指先から得られる官能は、理性では抑えられず、ふれられるごとに彼への恋心がつのっていった。

「ル……、ルーファス、わたくし……、もうこれ以上……」

　膝が愉悦をこらえきれず、がくがくと震えていく。エメラインは淫熱の淡さにたえることができず、脚を大きく開いたまま、その場に座り込んでしまった。椅子に腰を下ろしていたルーファスの指が、彼女の秘部を追うことはなく、彼女の膝から力が抜けると、鉤《かぎ》状に曲げた指先が、くぼみの近くから秘裂の前方まで容赦なくえぐりとる。尻をついたとたんエメラインの腰は悦びを我慢することができず、絨毯の上で浮き上がり、最初の高まりを得たことをルーファスに告げた。

「ンは……、ああ……、ああ……」

　脚を立て、内股を開ききっている姿は情欲をそそり、歓喜を映す潤んだ瞳は、あまりにも悩ましい。エメラインは、鋭利な心地よさに、秘部をびくびくと痙攣させ、背中の後ろで肘を立てた。秘めやかな部位から、いやらしい蜜がとろとろとこぼれ落ちたが、その量はあまりに多く、別のものではないかと思うほどだ。

「とても育ちのよい淑女がなさる格好ではありませんね。ですが、オベール卿は、そのような顔をなさる女性が大好きですからご安心を。恥じらいながら大胆なことをする女性というものは、男心をそそるものです。それが、あなたのような箱入りの男爵令嬢となれば、なおさら」

「オ……、オベール卿は……とても女性経験のある方と……、マ、マダムも仰っていました……こんなことで……、お喜びになるとは……」

「そうですね。これだけでは不足かもしれません。自分の部位を見てごらんなさい。どうなっていますか？」

自分がどれだけはしたない格好をしているかはわかっている。絨毯に尻をつき、膝を立てて大きく内股を開き、さらにその部分を見せつけるように腰を突き出している。男爵令嬢どころか、娼婦でもしない格好に違いない。内股が開かれているだけで、その部分はうち震え、心地よい熱を発していた。秘部がうずくたびに、エメラインは、そこだけが自分の体のすべてであるように感じられた。

エメラインは、ルーファスの命令どおり、自分の体にこわごわ視線を下ろした。赤い秘裂には、溢れ返る蜜のせいで、ナイトガウンのレースが隙間なく張り付いている。

蝶の胴体にあたる部分が、縦の筋に重なっていて、その部分を包む両端の盛り上がりは、美しい羽になっていた。愛蜜のせいで透けて見えるばかりか、形までがはっきりと見て取れる。秘裂のうねりに合わせ、蝶の胴部は花の蜜を吸うかのようにたえまなくうごめき、薄い茂みは羽に浮いた模様のようにきらめいていた。エメラインは、自分の中心に息づくあまりに淫猥な熱情を見返し、浅い呼吸を繰り返した。

「そこはどうなっていますか？」

「赤くなって……、腫れて、う、動いて……います」

「ほかには？」

「なかからいっぱい……出ています……」

大きく脈打つ鼓動に合わせ、下腹までもが脈を打つ。すでにレースの中では秘裂が極限まで開ききり、次の行為を待ち受けていた。中心が小刻みに収縮し、蝶の胴部がうねりを上げる。ルーファスはその部位をさっきから飽きずに眺めていた。

見られているだけなのに、鋭敏になった体中が、快感に喘いでいる。尖った胸の先端は、ナイトガウンに触れているだけで欲望を放っていた。

エメラインは、何度も息を吐きながら、ずっとその格好のままでいた。まだ体は最後まで目覚めていないのに、たえきれなくなっている。秘部の喘ぎは、かわいそうに思えるほどで、彼の視線が中心に突き刺さると、そこは硬い熱で埋め尽くされることを切望した。

「ルーファス……、わたくし、も、もう我慢できません……」

「何がですか」

エメラインは一瞬躊躇したが、本当に一瞬だけだった。もう恥じらっている場合ではない。このままでは、おかしくなってしまう。

「さわって……さわってください……。ここを……ぐちゃぐちゃにして……」

エメラインは、ああ……と艶めかしい吐息を漏らし、哀願するように彼を見た。

「自分でさわってごらんなさい。それがあなたに与えた宿題だったはずです」

エメラインは、たえまなく喘ぎながら、自分の部位を切なげに見下ろした。そこはさきほどから刺激を求めてぴくぴくとうち震えている。もう我慢できない。エメラインは、自分でも知らず知らず、そこに手を近づけていた。レースに滲んだ花びらの外輪に少しだけ触れると、快さがいっぱいに広がった。

「こ、こんなこと……、だめ……、だめです……、しちゃだめ……、ンあぁ……」

「中指で擦ってみなさい。下から真ん中まで」

「ああぁ……」

ルーファスの言葉どおり、縦にそって割れた部位を中ほどまでなぞっていく。ざらついたレースには透明な蜜が滲み出し、熱い秘裂は波のようにうねっていた。いったんふれると、もう止まらない。エメラインは、爪を軽く立てながら、秘裂の筋を慎重に愛撫しはじめた。最初は恐る恐るだったのに、指の動きに合わせて淫靡な快楽を感じると、次第に強く、速く、大胆になっていく。ルーファスは脚を組みながら、表情を変えず、悶えるエメラインを見つめていた。エメラインは小刻みに秘裂をかいていき、やがて、指の腹で円を描くように秘裂をもみ込みはじめた。

「見ないで……、見ないで、ルーファス……。もうこんなの……、わたくし、できません……」

そうは言うが、口から漏れる溜め息は魅惑的で、気がつけば、あいた手で乳房をもみしだいている。何もかも恥ずかしくて仕方ない。こんな姿で、自分でふれて、声を上げているところをルーファスに見られているなんて。だが、恥ずかしさだけではないことも知っていた。彼に見られていることに、自分は悦びを覚えている。ふれればふれるほど、退廃的な官能は情欲をいや増しにし、快楽はさらに勢いづき、乳房をこね回し、尖りを押し、秘裂を擦ると、次第に理性が奪われていった。いつのまにか淫らに腰が揺らいでいたが、どうしてこんな風になるのかわからない。乳房をもみしだく指に力がこもると、歪んだ肉と先端が指の間からいやらしく飛び出した。

「ン……、あっ……」

エメラインは、小さく腰を引き攣らせたあと、秘裂の上端をいじりはじめた。

「どうしました？」

「ここ……、ここが……、とても硬くて……、何かあります……………硬い粒みたいなの……、こんなの、さっきまでありませんでしたわ……」

「指を離しなさい」

「でも……」

「早く」

エメラインは快感を逃がすのがいやで、そこにふれたまま軽く眉を寄せたが、結局は指を離した。秘裂から刺激が消え去ると、かえって渇望は増し、エメラインはたえきれずルーファスを見上げた。

「わたくし……、こ、これ以上……、ルーファス……」

「私に何をしてほしいんですか？」

「あなたの手で……ここを可愛がってください……。もうだめ、待てない……」

エメラインが、最後は悲鳴のような声を出すと、ルーファスが椅子から下りて、エメラインの前にしゃがみ込んだ。エメラインは、自分でも気づかないうちに、彼の下腹を見つめていた。だが、ズボンのせいで、そこがどうなっているかはっきりとはわからない。指を伸ばす誘惑にかられたが、それより早くルーファスが彼女に命令した。

「そのままでは、あなたの好きなことができませんよ」

最初の頃だったら、恥ずかしくて「好きなことなんてありません」とでも言っていたに違いないが、すでにエメラインは官能の虜だった。彼女はルーファスの言葉の意味をすぐ理解し、ナイトガウンの裾を摑んで、そろそろとめくりはじめた。

蜜のせいでわずかな抵抗を感じたが、エメラインは布を引きはがすように裾を下腹の上までたくし上げた。ぬるついた蜜が糸を引き、秘裂だけでなく、茂みまでがてらてらと濡れて光っている。秘裂が大気にさらされると、別の快楽がやってきた。

「あなたがさっきさわっていたのは、ここですか？」

ルーファスが、なんの前ぶれもなく、秘裂の上端にある硬い粒を指先で押した。

「あぁぁッ……！」

エメラインの腰が引き攣り、下腹が軽く反り返る。蜜が絨毯に滴り落ちたが、エメラインは気づかなかった。ルーファスは、硬直した突起を指先でもみ込み、いろんな方向に動かした。

「あぁ……、ンぁあ……」

官能のためだけにある突起は、エメラインに鮮烈な歓喜をもたらし、ほかの部位をいじられた時とはまったく違う、切ない焦熱が燃え上がる。ルーファスが、突起の頂上を押しながら、あいた手で胸の尖りをもてあそぶと、自分の得ているものが官能なのかどうかわからなくなってきた。

「ここは女が一番感じるところなのですよ。あなたは、ここが少しばかり大きいかもしれませんね。本当は自分でいつもいじっているのではありませんか？」

「そんなこと……、し、していません……」

うつろな視線を漂わせながら、ルーファスの指に酔いしれる。なんのためにこんなことをしているのか、もう自分では判断がつかない。

ルーファスは、柔らかい力で秘めやかな突起を摑み、包皮だけをうごめかせて内部に包まれた突起をくにゅくにゅともみ込んだ。

「ンあ……、あっあっあっ、ル、ルーファス……こ、こんなこと……」

ルーファスは、さんざん包皮の上から突起をもてあそんだあと、親指と中指で包皮をむき、突起を外にさらけ出した。冷たい大気のせいでまた劣情が訪れたが、それだけで満足するはずもなく、知らないうちにエメラインはせがむように軽く腰を揺らめかせていた。

ルーファスが、人差し指で突起の頂上を押さえて動かし、親指と中指でむき出しの突起をしごくと、めくるめくような満ち引きが彼女の下腹をおおい尽くした。この部分がなんなのかよく知らないが、ここからもたらされる官能は強烈で、ルーファスはわずかな力しか入れていないのに、気が遠くなるような快感が全身をしびれさせる。

彼が、側面をくりくりといじり、上下にしごき、頂上を押さえてもみ込むと、エメラインは乱れに乱れた。だが、悦びが高まれば高まるほど、息苦しさは増していき、どうにもならなくなっていく。ルーファスは、恍惚としたエメラインの瞳に気づき、軽く眉を寄せて、彼女から問いを促すように爪の反対側で側面をなぞりはじめた。

エメラインは、情熱的な部分に与えられるわずかな愛撫に身も世もなく悶えながら、わななく唇を開き、喘ぎ声とともに言った。

「こ、こんなことを……マダムにもなさっているんですか……」

エメラインは、ンあぁ……と嬌声《きょうせい》を上げ、もうこれ以上開ききらないというところまで脚を開き、すべての快楽を引き込むように腰を浮かせて彼を求めた。劣情を煽り立てるその姿は、ふだんの清楚で無垢なエメラインからは想像もつかないほど淫らで、ルーファスは満足げに彼女を見ながら、頬に優しく接吻した。

「マダムは、男性経験がとても豊かな方ですから、何かあったとしても、私が教えるより、教わることの方が多いでしょう」

エメラインは、快楽に溺れそうになりながら、薄く目を開いてルーファスを見た。体だけではない心の喜びが、心地よい温かな熱となって彼女の中に満ちていく。「何かあったとしても」ということは、言い換えれば「何もない」ということだ。彼は、マダム・セリネットとはこんなことはしていないのだ。

胸元に渦巻いていた薄暗い感情がひとつだけ消え去り、胸からこみ上げる幸せが熱い吐息となってエメラインの唇からこぼれ落ちた。

「あなたは、マダムと私がそういう関係だと思って見ていたんですか？」

そう言った瞬間、ルーファスが突起をつまみ、エメラインは腰を痙攣させた。めまいのするようなきらめきが体中を包み込み、意識が朦朧《もうろう》としはじめたが、ルーファスの声は聞こえていた。愉楽でぼやけた視線をルーファスに向けると、彼は冷たい笑みを浮かべている。その笑みがエメラインを焦がし、快い痛みをもたらした。

「違うのですか……？」

「どうでしょう？」

ルーファスが意地悪げに言ったが、エメラインはもう淫蕩な刺激しか感じられなくなっていた。エメラインが、艶っぽい声を出すと、ルーファスは突起をもみ込む指の動きをはやめた。彼が側面をしごき、強弱をつけて摩擦すると、エメラインの中にもう慣れた感覚がやってくる。背中の下から何かが盛り上がっていく感じ。エメラインは、その感じをこらえようとして下肢を大きく突っ張らせ、また、とらえようとして、脚を開ききったまま腰を大きく浮き上がらせた。ルーファスに下腹を突き出し、彼がその懇願に応えるように突起を激しくしごき上げた瞬間、エメラインは、赤い唇から情熱的な声をほとばしらせ、甘い悦楽の果てにさらわれた。

第四章　悲しみの独占愛

エメラインは、植木鉢に水をたっぷりと与え、明るい太陽の差し込む窓辺のテーブルに置いた。平らにならした土に支柱が立てられ、その中にダリアの球根が植えられている。もうそろそろ発芽してもいい頃だが、発芽を待つ時間も楽しかった。

ナイトガウンは、マダム・セリネットの邸《やしき》だ。あんなはしたないものを自分の別荘に持って帰って母に見咎《みとが》められたら、とんでもないことになる。マダム・セリネットのもとで働くランドリーメイドに、汚れたナイトガウンを洗ってもらうことを想像すると恥ずかしさが止まらないが、ルーファスに言わせると「ランドリーメイドはそういうもの」なのだそうだ。どこにいても、何をしていても、思い出してしまう。

ルーファスの指を。声を。言葉を。彼の熱を。そして、彼の笑顔を。

許されないことだとわかってはいるのに、愛しさが溢《あふ》れていく。サーシャを助け、オベール伯の心を奪《うば》うことが目的なのに、もうルーファスしか目に入らない。

エメラインは、自分の中に浮かんだ考えに大きく息を呑み込んだ。

「わたくし……、もしかしてルーファスを愛しているのかしら……」

その言葉を口にした瞬間、自分でも驚くほどの衝撃がやってきた。至福の喜びとこれまでとは比べものにならないほどの苦しみ。自分はルーファスを愛している。マダム・セリネットと三人で買い物をした時は、彼に恋をしたのだとばかり思っていたのに、気がつけば、彼を愛してしまっている。彼と出会ってから、せいぜい十日。それなのに、こんなにも深く彼を想っている。彼のことを考えるだけで心が震え、春の木漏れ日の中にいるように心が心地よく温まっていく。こんな気持ちが自分に訪れるなんて考えてもみなかった。自分には、恋する気持ちも、愛する想いもなくなってしまったと思っていたから。

「ルーファス……」

エメラインはルーファスの名を呼び、過去の思い出に目を凝らしたが、かつて恋をした少年の名前はどうしても浮かんではこなかった。だが、ひとつだけエメラインの中に残っているものがある。きらめくような翡翠《ひすい》色の瞳。あの少年の瞳も、ルーファスと同じ翡翠色だった気がする……。

もっとも、そんなはずはない。自分はルーファスを想うあまり、幸せな思い出を彼に重ね合わせているのだろう。

自分の目的は、オベール伯の心を奪うこと、――オベール伯と結婚することだ。オベール伯はルーファスの主人で、目的がうまく達せられれば、自分はコーヴァン家の女主人となり、ルーファスは自分にとっても執事《しつじ》となる。オベール伯を男性として愛することはできなかったとしても、彼に人生を捧げ、決して裏切らないと決めたのに、ルーファスを愛してしまった。これでは本当の不貞《ふてい》だ。

「わたくしがどれだけルーファスを愛していたとしても、ルーファスは、オベール卿に仕える執事なのよ……」

　忠実な執事である彼が、主人を裏切ることはないだろう。なのに、自分勝手な想いをいだき、悲しみに打ちひしがれている。

　彼と結ばれないなら、せめて理想的な女主人として、彼に尊敬《そんけい》されていたい。そうは思うが、いまの自分は、心だけでなく、体も悦びを覚えている。最後の行為をしなければ、――純潔であれば問題はないが、純潔はルーファスに捧げたい。

「こんなことではだめ……。どんなに愛していても、彼はわたくしとは結ばれない人だわ」

　ふと、サーシャの寂しげな笑顔がエメラインの脳裏をよぎった。別荘にいる間はサーシャが早まったことをしないか心配で、なるべく彼女と時間をすごそうとしたが、サーシャはいつも「気分が優れなくて……」と言い、一人で寝室にこもっていた。

「本当の親友だったら、こんなことで悩んだりしないはずよ。わたくし、ちっとも自分を犠牲《ぎせい》にしていない。これでは、親友失格だわ」

ルーファスと出会って、愛する気持ちがどれほどつらいものか初めて知った。

「サーシャもこんなつらい思いをしているのね……」

目の前のダリアが立派な芽を出す頃、自分はどうなっているだろう。うまくオベール伯の心をとらえることができているだろうか。サーシャは恋人と幸せになっているだろうか……。

オベール伯は、ルーファスによれば、あさってにはヒースの丘にやってくるという。

「さすがに別荘が不自由になってきましたから」

ルーファスは、エメラインにはよくわからないことを言ったあとつけくわえた。

「いくらなんでもその場で何かしようとはお思いにならないように。とりあえず顔を合わせる程度だと思ってください」

とうとうオベール伯に会える……、待ち望んでいたはずなのに、エメラインにはそれが途方もなく怖かった。これまでは、オベール伯が優しかろうと、冷酷《れいこく》だろうと、好色だろうと、そうでなかろうとかまわなかった。そもそも男爵《だんしゃく》令嬢なのだから、結婚相手を自分で決められるわけではない。だが、ルーファスを愛してしまったいま、さして知りもしない男に自分の身を捧げねばならないと思うと、体の震えが止まらなかった。

エメラインの目に、こらえがたい悲しみが浮かんだ、その時――。

「お嬢さま、旦那さまがお呼びです」

扉の向こうからメイドの声が聞こえ、エメラインは背後を振り向いた。

「いま行きます」

鏡を覗《のぞ》いて涙が残っていないか確認したあと、エメラインは階下の応接間に行った。

扉の前に立ち、声をかけようとした時、上の妹が下りてきた。

「あなたも呼ばれたの？」

「お姉さまも？」

二人一緒に呼ばれるなんていったいどういうことだろう。父に怒られるような心当たりはなく、少し悩んだあと、エメラインは緊張《きんちょう》した声をかけた。

「お父さま、まいりました」

「入れ」

扉を開くと、父がソファに腰を下ろしていた。このところずっと不機嫌だった父の表情が、久しぶりに穏やかさを取り戻している。

「座りなさい」

エメラインと妹が硬いソファに腰を下ろすと、父は厳かな口調で言った。

「おまえたちの社交界デビューが決まった」

エメラインはしばし呆然《ぼうぜん》とし、隣にいた妹が声を上げた。

「本当ですの、お父さまっ?」

父は無言の肯定を返した。

「では、わたくしももう結婚できますのね。お父さま、ありがとうございます!」

宮中に伺候《しこう》し、女王陛下に謁見《えっけん》すれば、社交界にデビューしたあかしとなり、上流階級の女性はいつでも結婚することができる。妹は、華やかな社交界に入り、裕福でハンサムな貴族と出会う夢想を描いたが、娘二人をデビューさせる財力がヴァルゲル家にあるとは思えない。父は、もの問いたげなエメラインのまなざしにすぐ気づき、男爵にふさわしい声を出した。

「とある方が、出資をなさってくださったんだ。二日後に、ダーリング伯爵《はくしゃく》の別荘でガーデン・パーティーがあるから、二人とも行きなさい。エメライン、そのあとでおまえに話がある」

妹は、さらに喜びの声を上げたが、エメラインは不安を隠すことができなかった。


上の姉二人が社交界にデビューすることになったと知って、下の妹はすぐさま「自分も十七歳になったらデビューできますの?」と父に訊《き》き、父が重々しく頷《うなず》くと、飛び上がって喜んだ。そんな二人を見て、父はエメラインは「とある方とは誰だろう」と考えたが、思いあたる人物はおらず、父はエメラインたちに教える気はないようで、すぐ自分の書斎《しょさい》に行ってしまった。父がこれなら、母に訊いても意味はないだろう。ガーデン・パーティーのあと、父が自分に何を話すつもりなのか気にはなったが、いまのエメラインにそんなことを思い悩んでいるゆとりはなかった。

エメラインは、サーシャの部屋に行き、「入ってもいい？」と声をかけた。「どうぞ」という返事を聞き、部屋に足を踏み入れると、サーシャがベッドから上体を起こした。

「調子はどう、サーシャ？」

「よくはないけど、大丈夫よ。あなたこそ、どうしたの？」

「わたくしの社交界デビューが決まったの」

「まあ！　よかったじゃない」

サーシャはそう言ったあとで、エメラインの顔を覗き込んだ。

「……でもなさそうね。あなたは昔から社交界には興味がなかったから」

サーシャは、エメラインを気遣うような表情をしたが、その瞳にはやはり憂《うれ》いがこもっていた。彼女に幸せになってほしい。そのためにエメラインができることはひとつだ。そのことはわかっている。なのに……。

エメラインは、自分の迷いに決着をつけるように口を開いた。

「わたくし、あなたに告白しないといけないことがあるの」

「いったいなに？」

「実はわたくし、好きな人ができたの」

「まあっ！」

サーシャは、今度こそ本当に驚いた。

「いったいどなた？」

「言えないわ。決して結ばれない方だもの」

エメラインは、サーシャと同じ寂しいほほえみを浮かべた。自分の目的はサーシャに幸せな結婚をしてもらうことだ。そのためにはルーファスへの愛は断ち切らないといけない。だが、そう思えば思うほど、心が強く締め付けられ、彼への気持ちがこらえがたいものとなっていく。だが、愛しているルーファスのことを考えると苦しくてたまらない。彼を愛している——。

だが、この恋はあきらめるのだ。自分たちは、決して結ばれることはないのだから。

「エメライン、泣いているの……？」

エメラインが俯《うつむ》くと、サーシャが優しく訊き返した。エメラインは、大粒の涙が頬を伝うのを感じながら、すすり泣きのような声を出した。

「わたくし……、その方を愛しているの。でも、どうしようもないのよ」

「その方は、あなたを愛してくださっているの？」

「嫌われてはいないと思うわ。でも、それだけよ」

エメラインはサージャに抱きついたが、いったん流れた涙はどうしても止まらなかった。

＊＊＊

翌日、エメラインと妹は、母とともに街に出て、ガーデン・パーティーに着ていく衣装を見繕った。母は、数着のドレスを気前よく買い、扇子や手袋も新調した。

ルーファスは、明日までは忙しいらしく、会えるのはその翌日以降になる。レッスンというからには、最初は毎日かと思ったが、実際は数日に一回だった。執事なのだから仕事は邸の管理のはずだが、もしかしてロンドンにある本邸でも働いているのかもしれない。

ガーデン・パーティーは午後からで、エメラインは軽い昼食を取ったあと、メイドの手伝いで青い格子柄《こうしがら》の絹タフタとアンダードレスを幾枚も重ねたビジティング・ドレスに着替え、白金の髪を後方で複雑にまとめ、小さな造花をまき散らした麦藁《むぎわら》のボンネットをかぶった。こういう時には、いつも兄のデニスがエスコート役についてくるが、彼は「ほかにすることがあるから」と言って断った。父も母も、ガーデン・パーティーなのだから特に問題はないと判断したが、エメラインは、別荘に来てからデニスが引きこもりがちになっていることが気になった。サーシャもやはり外に出る気はないらしく、エメラインに「楽しんできて」とだけ言い、自室に戻った。

ダーリング伯爵の別荘は、馬車で一時間以上かかる距離にあり、いくつもの馬車が見えはじめた時には日が暮れるのではないかと思ったが、まだ太陽は高々とのぼっている。御者の手を借りて地面に降り立つと、ただのガーデン・パーティーとは思えないほど、多くの名士が集まっていた。玄関の前でダーリング伯爵夫人にあいさつし、メイドに中庭へと案内される。中庭は広く、ところどころにテントが作られ、香草と冷肉を挟んだサンドイッチ、仔牛の胸線や仔羊の膵臓《すいぞう》をつめたパイ、熟成させた鵞鳥《がちょう》の肝、その他チーズ、スコーン、ジャム、見た目も愛らしい小さなケーキが何種類も用意され、別のテントでは、クラレットはもちろんのこと、シェリー、シャンパン、マデイラから、果物の浮いたパンチまで、あびるほど飲んでくださいとばかりに並べられていた。妹は、家ではめったに出ることのないごちそうを前にして目を輝かせたが、すぐそばを若い紳士《しんし》が横切ると、取り澄ました顔をした。

エメラインは、何を見ても憂鬱《ゆううつ》になるばかりだった。たくさんの花が庭の周囲を彩っていたが、それさえも彼女の気分を晴れやかにすることはできなかった。

ふと、ずっと遠くに人の影が見え、エメラインは目を細めた。長身で、フロックコートを着ていてもわかる理想的な体軀《たいく》。黒よりは、少し薄い色の髪……。

影はすぐさま人混みの中に消え、つま先を立ててももう見えない。

エメラインは、大きく肩を落とし、切ない溜《た》め息《いき》をついた。

「わたくしったら、ばかね。ここにルーファスがいるわけはないのに……。執事なのだから、いまごろは自分の別荘でオベール卿を迎える準備をしているはずだわ」

オベール伯と会う時のことを考えると、憂鬱はいっそう増していく。初対面が一番大切だ。とびっきりの笑顔を見せて、オベール卿の目を引きつけねばならない。

だが、ルーファスがそばにいるのに、そんな笑顔を作ることができるだろうか……。

「エメライン」

ふいに、母に名前を呼ばれ、エメラインはわれに返った。背後を振り返ると、母が、少し離れたところで誰かと立ち話をしている。エメラインは、その誰かを見て全身を硬直させた。

「エメライン、こちらに来て、ビースレイ卿にごあいさつなさい」

エメラインは、息を整えてから母のそばに行き、スカートを摑んで膝を曲げた。

ビースレイ子爵《ししゃく》はこの間のことなどすっかり忘れた様子で、人当たりのいい笑顔を浮かべ、彼女の手を取り接吻《せっぷん》した。

「ミス・ヴァルゲル、今日のあなたは格別に美しい」

「……ありがとうございます」

エメラインはすぐ手を引っ込めようとしたが、彼はエメラインをなかなか離そうとしなかった。

「せっかくですから、このあたりを二人で散策しませんか。ダーリング卿のお庭は、とても有名ですから」

ビースレイ子爵がほほえみながら言い、エメラインが、断ってくれと頼むように母を見つめると、背後にいた妹が、

「行ってらっしゃいよ、お姉さま。せっかくお誘いいただいたんですから、お断りするのは失礼よ」

と言い、母がエメラインを見て頷いた。エメラインは、いやな気持ちを押し隠しながら、仕方なくビースレイ子爵についていった。

ビースレイ子爵は特に喋《しゃべ》りかけることもないまま、ゆっくりした歩みでパーティー会場を抜け、果樹園の中に作られた遊歩道を進んでいった。沈黙が全身に突き刺さる。ビースレイ子爵が口を開く様子はない。パーティー会場の喧噪《りんそう》が遠のいた時、エメラインは沈黙にたえきれず小さな声を出した。

「この間は……失礼いたしました」

ビースレイ子爵は、首を少しだけ動かして、エメライン以外の女性なら魅力的だと感じるに違いない笑顔を向けた。

「もう忘れましょう。不幸な事故です」

「申し訳ありません……」

「あの執事とやらから渡された時計を目利きに見てもらったのですが、とんでもないまがい物とのことでした。私の懐中時計を弁償できるどころか、ゴミ同然だと」

エメラインは下唇をかみしめた。あれは、ルーファスが彼のお父さまからもらった大切な時計だ。思いやりのある紳士なら、こんなことは言わないだろう。

「見目よい青年ですから、あなたのような若い女性が熱を上げるのもむりはありません。ですが、ああいった男の目的は、ひとつです」

残念ながら、彼はビースレイ子爵の考えるような下心は持っていない。いまのエメラインには、そのことがつらくてたまらなかった。そして、ルーファスに下心がないと考えると、ビースレイ子爵への不快さがつのっていく。もっとも、下心があったとしても、いまのエメラインは不快だったのだが。

　エメラインは、ビースレイ子爵に口答えする気力もなく、彼に従い歩いていった。もう戻りたいと思った時、ビースレイ子爵が遊歩道の横合いに目を向けた。

「少し休みましょう」

　ビースレイ子爵の視線の先に木造のベンチがあり、彼が胸ポケットから白いハンカチを取り出して、ベンチに敷いた。遠慮したいところだが、ハンカチを敷かれては断ることもできず、結局、腰を下ろした。すると、ビースレイ子爵が、エメラインと体が接するほどの位置に座った。婚約者でもない男性にしては近すぎる。

「お美しいドレスですね」

　ビースレイ子爵が突如言い、エメラインは自分のドレスを見返した。上流階級の社交辞令にはふさわしくない言葉だが、育ちのよい淑女《しゅくじょ》らしく「ありがとうございます」と答えた。

「どなたかが出資をしてくださったとのことで、新調することができました」

「ずいぶん太っ腹な方ですな」

　エメラインは、ビースレイ子爵の声に含みを感じ、恐る恐る訊いた。

「もしかして……、ビースレイ卿が出資してくださったんですか……？」

ビースレイ子爵は、どこか嘘の宿った肯定の笑みを向け、エメラインは戸惑いながらも口にした。

「それは……、なんとお礼を申し上げてよいやら……。ビースレイ卿のおかげで、わたくしも妹も社交界デビューすることができます。本当にありがとうございました」

「お礼は必要ありません」

ビースレイ子爵は、恐縮するエメラインの指を取り、反対の手をその甲に重ねた。

エメラインはわずかに指を引いたが、彼がヴァルゲル家を助けてくれたことを考えると、それ以上のことはできなかった。気分の悪さを感じたが、逃げ去るわけにもいかない。

ビースレイ子爵は、エメラインの手をなでながらほほえんだ。

「自分の妻には、一番美しい時期に社交界デビューしてもらいたいですから」

「なんのことでしょう……」

ビースレイ子爵が、エメラインを見つめている。エメラインは不安を覚えて、ビースレイ子爵の手をふりほどこうとしたが、彼はエメラインの指先をしっかりと摑んでいた。

「ヴァルゲル卿から何もお聞きではありませんか。私は、先日あなたのお父上にあなたとの結婚を承諾《しょうだく》していただいたのですよ」

エメラインは思わずベンチから立ち上がったが、ビースレイ子爵は彼女の手を離そうとしなかった。エメラインの顔が真っ青になり、驚きのあまり息が止まる。

エメラインは、何か言おうとして唇を開きかけたあと、唾液を飲み込み、ゆっくり言葉を絞り出した。

「父は承諾したかもしれませんが、わたくしはあなたと結婚するとは言っていませんわ……。ドレスはお返しします。ですが、その手をお離しくださいませんか」

「ここでドレスを脱いでくださるのはうれしいかぎりですが、それだけではないのですよ。ヴァルゲル家には多大な負債があり、ずいぶん前から爵位を売るよう迫られていました。見るに見かねて、私がその肩代わりをしたのです。妻の実家が借金に苦しんでいるとなれば、それを助けるのは夫の役目ですから」

「父は……わたくしをお売りになったと言いますの……？」

「そういう言い方はおよしなさい。私は金ではなく、愛情であなたを手に入れたのです」

「わたくしは……、失礼ながら、あなたに愛情はございません」

「ともに時間をすごし、子どもができれば、あなたは必ず私を愛するようになります。愛とはそういうものです」

ビースレイ子爵は、エメラインの指先を摑んだまま立ち上がった。彼の体が押し迫ると、さして長身ではないはずなのに、こらえがたい恐怖を感じた。

「私は、ヴァルゲル男爵家に、あなたと結婚するのにふさわしい結納金《ゆいのうきん》を支払い、ヴァルゲル卿は喜んでお受け取りになりました。あなたが私と結婚したくないというならかまいません。ですが、もしこの縁談をお断りになったら、ヴァルゲル男爵家がどうなるかお考えになった方がいいでしょう」

エメラインは、呆然として動くことができなかった。オベール伯と結婚できれば何もかもうまくいくと思ったが、オベール伯と会うことができないまま、自分はビースレイ子爵に売り渡されてしまった。だが、まだ大丈夫だ。結婚の告示はしていないし、返事を引き延ばすことができれば……。

「では、少しばかり時間をください。簡単に答えが出せることではありません」

エメラインが乱れた息を整えてから言うと、ビースレイ子爵は彼女の手をさらに強く握りしめた。

「私は、待つのが嫌いなんです」

そう言って、ビースレイ子爵はエメラインの手を引き寄せた。ゆっくりとした動きだったが、彼女の拒絶を許さない傲慢《ごうまん》さがひそんでいた。

「私は一日も早くあなたと結婚したいのです。あなたのお父上もそのことを承知してくださいました。どういう意味かわかりますね？」

貴族の婚約期間は、一年と決まっている。だが、相手とベッドをともにした場合は、外聞《がいぶん》を考え、すぐにも結婚式をあげることになっていた。

エメラインの体が震え出し、のどがからからに渇いた。遊歩道は薄暗く、あたりには誰もいない。

「その手を……お離しください……。お願いですから、少しだけ時間を……」

「残念ですが私は待てません。それがいやなら、ドレスを置いてパーティー会場に戻りなさい。もちろん、あなただけではなく、妹さんにもヴァルゲル男爵夫人にもドレスを脱いでいただきます。私との結婚を拒むというのはそういうことです」

ビースレイ子爵が、彼女に向かってにこやかな顔をした。今度は嘘のない笑みだ。ふだんは精一杯若く取り繕っているが、いまの彼からは、年相応のぎらついた欲望が滲《にじ》み出している。サーシャはどうなるのだろう、とエメラインは思った。オベール伯との結婚は？

いまここでビースレイ子爵の要求を呑めば、自分はサーシャを助けることができなくなる。だが、サーシャを助ければ、ヴァルゲル男爵家がどうなるかわからない。

ヴァルゲル男爵家か、サーシャか。大切な家族か、家族と同じくらい大切な親友か。

「どうしますか？」

ビースレイ子爵が、とりわけほがらかに訊いた。もっとも、彼は答えなど求めてはいない。エメラインには逃げ場がないことを、彼はよく知っている。

親友も家族も、エメラインには大切だ。彼らを天秤《てんびん》にかけることはできない。親友と家族の両方を助けるには、どうすればいいか——。

オベール伯にすべてを告白しよう、とエメラインは思った。サーシャには、オベール伯に会う前から恋人がいたこと、……そして、サーシャと恋人の仲を自分が強引に後押しし、二人を煽《あお》り立ててくっつけた、と。自分がいかに無分別だったか訴えれば、オベール伯の怒りは自分に向くはずだ。マダム・セリネットから聞いた話では、オベール伯には優しいところがあるようだし、エメライン一人が責を負うと主張すれば、父母にまでは迷惑がかからないだろう。——いや、父母に迷惑がかからないように、オベール伯の気まぐれな良心に誠心誠意訴えるのだ。

オベール伯が、自分に何をするかはわからなかったが、自分のことはどうでもいい。

エメラインは、まぶたを閉じて深呼吸したあと、ビースレイ子爵に目を向けた。

「あなたの言うとおりにします。わたくしは……何をすればよいのですか」

エメラインの言葉を聞き、ビースレイ子爵は、唇の端をいやらしく上げた。これまでの人当たりのよさが一変し、彼の中に隠されていた下劣《げれつ》さが顔いっぱいに滲み出す。

彼は、エメラインをなめるように見回した。

「あなたのように清純な処女は、何をしてもいいものです。むりやり奪っても、言うなりにさせても。ですが、その気になっているのですから、あなたのしたいことをしていただきましょう」

ビースレイ子爵はいったん言葉を止めたあと、少し考えてから口を開いた。

「ドロワーズを脱いでいただけますか？」

「ビースレイ卿……、何を……」

エメラインは、彼が言った言葉の意味がにわかに理解できず、恐怖とともに彼を見た。いや、理解はしていた。それは、よくルーファスに命じられていたことだから。

「私の言葉が、聞こえましたか」

ビースレイ子爵が舌なめずりするような口調で言い、エメラインは羞恥《しゅうち》とおびえで顔をこわばらせながら、弱々しい声で答えた。

「はい……」

こんなことは絶対にしたくはない。けれど、しないわけにはいかなかった。気分が悪くて、めまいがしそうだ。エメラインは、ビースレイ子爵の視線から逃れるように顔を背け、ドレスの裾をほんの少しだけたくし上げた。ゆっくりと身をかがめ、スカートとペティコートの中に手を入れる。ドロワーズに手をかけた時には、苦痛で息ができなくなった。ここで下劣な行いをしているのは、自分ではない別の女だ。金で買われた女、――そう思えば、どんな行為もたえることができる。ヴァルゲル男爵家のため、父母のため、二人の妹のため、そして、大好きな兄デニスのため。

親友であるサーシャのために、見知らぬ男とベッドをともにしようとしていたのだから、家族のためにできないことなど何もない。

エメラインは自分にそう言い聞かせ、震える手でドロワーズを脱ぎ取った。彼女がドロワーズを脱ぎ捨てると、ビースレイ子爵はスカートの中を想像して、瞳をぎらつかせ、荒い息を吐いた。

「私は、てっきりあなたが泣いていやがるかと思ったのですが、どうやらこういう行いが好きなようですな。ここは果樹園でいつ誰が通るか知りませんよ。なのに、スカートの中で恥ずかしい部位をさらしているなんて、とんでもない淫乱だ」

エメラインは、顔を真っ赤にして、彼の淫《みだ》らな言葉にたえた。相手がルーファスであれば、もっと別の快《こころよ》い羞恥を覚えたはずなのに。

「あなたはいやらしい女のようだから、それにふさわしい行いをしてもらった方がいいでしょう」

ビースレイ子爵がベンチに腰を下ろし、大きく膝を開いた。彼が自分に何をさせようとしているのかはわからないが、途方もなくいやなことだということはすぐ理解できた。

「私の前に跪《ひざまず》きなさい。これを咥えていただきます」

ビースレイ子爵は、ズボンのボタンを外し、そこにあるものを引っ張り出した。

エメラインは反射的に顔を背け、目をつぶった。生理的な嫌悪感が、背中から芋虫のように這《は》い上がる。吐き気がしたが、懸命にこらえた。

「そんなこと……やめてください……。お願いですっ……」

「おやおや、その反応からすると、あなたは自分がすべきことをわきまえているようですな。まさかすでに男を知っているというのではないでしょうね」

エメラインが、恐怖で体を震わせていると、ビースレイ子爵がさらに唇を歪《ゆが》めた。

「それもすぐわかります。早くここに跪きなさい。方法がわからなければ、私がお教えしますよ。とりあえず咥《くわ》えていただければ結構です」

エメラインが、顔を背けて立ちすくんでいると、ビースレイ子爵が苛立たしげに怒鳴った。

「早くこれを咥えるんだ！」

エメラインの手首を摑《つか》んで強引に座らせ、彼女のあごを自分に向ける。エメラインは目を閉じたままだったが、彼の醜悪《しゅうあく》さは十分に感じ取れた。彼女が動けずにいると、ビースレイ子爵はしなやかな手にむりやり自分を握らせた。

「パーティー会場で妹にドレスを脱がせる方がいいか」

エメラインは、目尻に涙を滲ませた。だが、泣いたところでどうにもならない。

ルーファスのどこか冷ややかなまなざしが眼前をよぎった瞬間、こぼれかけた涙を呑み込み、囁《ささや》くような声を出した。

「あなたのお望みのことをします。ですので、妹や母を辱めるのはおやめください」

「では、咥えるがいい」

「……はい」

エメラインは、片手でビースレイ子爵に手を添え、先端に顔を近づけた。震える唇をゆっくりと開き、彼を口内に含もうとした、その時――。

「何をしている！」

獰猛《どうもう》な声が響《ひび》き渡り、すぐさま背後を振り返った。少し離れたところにルーファスが立っていた。

「ルーファス……」

エメラインは、慌ててビースレイ子爵から手を離し、立ち上がって彼から数歩退いた。ビースレイ子爵は、またもや自分の邪魔をしたルーファスに大きく眉をひそめ、ルーファスはエメラインに大股で歩み寄り、彼女の肘を掴み上げた。

「こちらに来なさい！」

ビースレイ子爵は、ルーファスが背を向けると、すぐさま立ち上がった。

「きさま、その手を離して立ち去らんと、警備兵を呼ぶぞっ」

「その格好で呼べるのなら、呼んでみるがいい」

ルーファスの凍えるような声を聞き、ビースレイ子爵は慌ててズボンに自分をしまい、ボタンをとめたが、ルーファスは彼が行動を終える前にエメラインを連れて行こうとした。ビースレイ子爵が、ルーファスの肩に手をかけた。

「きさま、ミス・ヴァルゲルから手を……」

「私の肩から、薄汚い手をどけろ！」

ルーファスは、背後を振り向きざま、ビースレイ子爵を殴りつけた。ビースレイ子爵の体が大きく跳ね上がり、地面に倒れて動かなくなった。

「ビースレイ卿……！」

ビースレイ子爵の鼻と口から、真っ赤な血が流れている。エメラインは、その血を見て彼に近寄ろうとしたが、ルーファスは彼女を離さなかった。

「早く来なさい！　その男がそんなに大切か」

「ルーファス……、わたくしは……」

「黙れ！」

彼は、エメラインが聞いたことのない残忍な声で一喝《いっかつ》し、彼女を引きずるようにしてダーリング邸を出ていった。

＊＊＊

ルーファスが、玄関門を出て従僕《じゅうぼく》に声をかけると、ほどなくしてコーヴァン家の紋章が入った馬車がやってきた。すでに顔なじみとなった御者が、ルーファスに向かって恭《うやうや》しく頭を下げ、馬車の扉を開く。ルーファスは、エメラインの肘を掴んだまま馬車に乗り込み、彼女を奥に座らせて、その隣にどっしりと腰を下ろした。

ルーファスは黒いフロックコートを着て、白い手袋をはめ、ガーデン・パーティーの招待客にふさわしい装いをしている。だが、執事である彼が、格式高いダーリング伯爵家のガーデン・パーティーに招待されるわけがなく、主人であるオベール伯はもちろん、マダム・セリネットがいる様子もない。

いったい何がどうなっているのだろう。御者は当然のように馬車を走らせ、ルーファスは無言のまま、冷たいまなざしをずっと前に向けていた。

オベール邸につくと、ルーファスはエメラインの肘を掴んだまま玄関扉を開いて中に入り、二階に通じる階段に足をかけた。その時、廊下の奥から見たことのない男が現れ、ルーファスとエメラインを交互に見た。五十歳をわずかにすぎた小太りの男で、薄い金髪とそれよりやや濃い口髭《ひげ》を生やしている。見開かれた緑色の瞳は理知的な光を宿し、身長は高く、どっしりとした落ち着きに満ちていた。男は、ルーファスに向かって何か言おうとしたが、それより早くルーファスが口を開いた。

「エメライン嬢、こちらにいらっしゃる方が、私の主人、オベール伯クリストフ・ド・コーヴァンです」

エメラインが驚き、男がほんの少し眉をひそめた。ルーファスは、慇懃《いんぎん》無礼と言ってもいい口調でみずからの主人に話しかけた。

「旦那さま、彼女が私の言っていたエメライン嬢です。あなたにずいぶん興味をお持ちでしたが、残念ながら心を変えたようです。申し訳ありませんが、エメライン嬢が、けがをなさっているので手当をしてまいります」

オベール伯……とルーファスに紹介された男は、わずかに言いよどんだあと、口を開いた。

「医師を呼んだ方がいいか？」

フランスなまりの言葉で静かに訊き、エメラインに目を細める。彼は、彼女がけがなどしていないことをすぐ見抜いたようだったが、何も言いはしなかった。

「その必要はありません。大したけがではありませんから。失礼します」

ルーファスは、優雅に会釈したあと、エメラインの肘を引っ張り、いつもの客間に連れて行った。

背後で扉を閉めた瞬間、エメラインの体をベッドに投げ捨て、彼女はベッドに倒れ込んだ。エメラインは、すぐさま仰向けになり、ベッドの前に立ったルーファスを見上げた。

「あの方が……、オベール卿ですの……?」

「ええ。ですが、もうあなたには関係のない方です」

ルーファスは、フロックコートをソファに脱ぎ捨て、クラヴァットを外して、白手袋とともに放り投げた。エメラインは危険を感じて逃げようとしたが、ルーファスは細い足首を摑んでむりやり引きずり寄せ、こちらを向いたエメラインにのしかかった。

「あなたには主人の気を引く方法を教えていたつもりですが、まさか男と見れば、誰の前でも下着を脱ぐような女になるとは思いませんでした」

「ルーファス……、わたくしの話を聞いてください……」

「由緒正しいガーデン・パーティーを抜け出して、庭先で男のものを咥えるのに何か理由があるんですか?」

自分が、父の手でビースレイ子爵に売られたこと、母の日傘も自分のドレスも妹の手袋も、すべてそのお金で買ったこと、——そんなことがルーファスに言えるわけはない。エメラインは悲しみをたたえたまま、瞳に冷酷な光を浮かべる彼を見た。

「私は、あなたを信じて待っていたのに——」

ルーファスは、そう言って、エメラインのドレスの胸を両手で摑んだ。いま彼が口にしたその言葉。それはまるで……。まるで――。

エメラインの脳裏に何かがひらめいたが、ルーファスがドレスを引きちぎると、すべての思考がはじけとんだ。

「ルーファス……、やめて……」

エメラインはふたたび逃げ出そうとしたが、ルーファスは彼女の恐怖を無視してドレスをスカートごとむしり取った。体の向きを変えた拍子にボンネットが取れ、長い髪がベッドの上にこぼれ落ちる。白金の波は、輝きをまき散らしながら、悲しみにおおわれた彼女を美しく飾った。彼女がベッドの上を這っていこうとすると、ルーファスは勢いのままペティコートをはぎ取り、ストッキングを破いた。クリーム色のコルセットの下から丈の短いシュミーズが覗いたが、その下には何も身につけていない。ルーファスは、本来ならドロワーズで隠れているはずの太腿を見て、不快そうに眉を寄せた。

「あなたが脱いでいったあのドロワーズは、どうなったでしょうね。庭師か、別荘の管理人が見つけて、ずいぶん驚いているでしょう。まさかパーティーで下着を脱ぐような淑女はいないでしょうから」

「それより、ビーストレイ卿は……まさか死んだのでは……」

顔の下半分を血まみれにしたまま動かなくなったビーストレイ子爵のことが心配だ。

もし彼に何かあったら、——何かなくても、ルーファスが警察に連れて行かれることは間違いない。貴族に暴力を振るったのだから。ルーファスが誰に仕えているかビースレイ子爵は知らないが、ダーリング伯爵家のガーデン・パーティーに来ていたのだから、ダーリング伯爵に訊けば彼の正体はすぐわかる。

「あの男がそんなに心配ですか」

ルーファスは、エメラインの言葉を完全に誤解し、冷徹なまなざしを差し向けた。

「違います……。わたくしは、あなたのことが……」

「残念ながら、もうあなたの言葉を信じることはできませんよ。ご友人のためにオベール卿を虜《とりこ》にするという話も怪しいものです」

ルーファスは、エメラインの頭上で彼女の両手首をまとめ、あいた手をシュミーズの中に入れた。

「あの男のものを咥えて、たっぷり濡らしているんじゃありませんか」

ルーファスは、薄い茂みをかきわけ、準備の整っていない部分を手のひらで探った。

彼がふれた瞬間、そこはびくりと跳ね上がり、彼女の下腹をしびれさせた。

「もうすっかり女の体になりましたね。少しさわっただけでこれです。あの男といる時もこんな風になりましたか？」

「い、いや……、やめて……」

ルーファスは、手のひらで秘部を包み込み、入念にもみしだきはじめた。ささほどまで何もなかったはずなのに、彼の熱を感じただけで彼女からも熱が放たれ、快楽が広がっていく。彼が秘部をこね上げると、中心がびくびくとうち震えた。

「あの男の前でもこんな風になりましたか？　私があそこに来るまでにどんなことをしたんです？」

「わたくしは……何もしていません……」

「ドロワーズを脱いでいたのに、何もしていないわけはないでしょう」

「あれは……、ビースレイ卿に言われて……」

「あなたは、ドロワーズを脱げと言われたら、ところかまわず脱ぐ女なんですか？」

「あぁッ！」

ルーファスが、まだ閉ざされた花びらをかきわけ、強引に指を突き進めた。秘部の中心は、彼を待ち望むようにうごめいたが、内部まで攻められたことは一度もない。

「いやっ、痛い……、いたっ……」

ルーファスは、彼女の反応を気にせず、狭い入り口を指先でもてあそんだ。何も知らない部分は硬く、指を入れようとしても容易には入らない。彼は、指先を秘裂の輪《りん》郭《かく》に沿って這わせ、花びらの外側をくすぐり、上部から下部までくまなく動かした。

繊細な指先は彼女の悦びを知り尽くし、彼の怒りとは別に彼女をいやらしく悶《もだ》えさせる。ビースレイ子爵といた時は渇ききっていたのに、いつのまにかすっかり潤っていた。

ルーファスは、シュミーズの下から手のひらを抜き、べったりとついた透明な蜜を見て鼻先で冷笑したあと、エメラインの眼前に手のひらを持ってきた。

「これはどういうことですか」

エメラインは、女の香りを発する手のひらから顔を背け、恥じらいで目を閉じた。

「ドロワーズを脱いで、あの男に何をしてもらったんですか」

「何も……していません……」

「そんなはずはないでしょう。あなたはここが大好きだから、ここをいじってもらっていたんではないですか？」

「そ……、そこは……ッ」

ルーファスがシュミーズの中にもう一度手を入れ、秘裂の上端にある突起を押さえた。人差し指でいただきをうごめかせ、包皮ごとつまんでもみ込んでいく。そこから与えられる快感はなにものにもかえがたく、悲しみの溢れる心とは逆に、淫靡《いんび》な情欲が彼女を苦しめた。

ルーファスは、苦しみと悦びの狭間で喘《あえ》ぐエメラインを見つめながら、包皮だけを動かし、突起に間接的な刺激を与えた。側面をしごき上げ、何度ももんだあと頂上を叩き、くねらせる。小さな粒にすぎないのにあらゆる箇所から愉楽が流れ込み、エメラインは、自分でも気づかないうちに閉じた両脚を擦《こす》り合わせていた。

「ンン……、あぁ……、ンぁあ……」

ルーファスは、突起をなぶりながら秘裂に指を這わせ、何度も上下に行き来させた。突起への愛撫《あいぶ》も秘裂への誘惑も、身悶えするほど心地よく、いつしか胴部がいやらしくくねり、短めのコルセットがずれて、押し上げられた胸がこぼれ、赤い先端がはみ出していた。

「やはりここを可愛がってもらったんですね。こんなに勃起して、よほど気持ちのいいことをされたんでしょう。同じことを私もして差し上げますから、何をしてもらったのか言いなさい」

「何も……何もしていません……。そこは……いまあなたがふれたから……」

ルーファスが、包皮をむいて直接つまみ上げると、腰が砕けるような官能が体中をとろけさせた。言葉も視線も声も冷えきっているのに、指先は驚くほど優しく、彼が強弱をつけるたび、途方もなく快い情熱が体中をおおっていく。突起をもみながら、開いた指で秘裂をなでられると、愉悦のあまり目がくらんだ。彼がすばやくしごき上げたとたん、彼女は最初の高まりに達し、大きく腰を引《ひ》き攣《つ》らせた。

「あ……、あっ、ぁああ……」

下腹が痙攣《けいれん》し、はしたないほど跳ね上がる。淫蕩《いんとう》な炎が彼女を焦がしたが、悦びが彼女を包む前にルーファスが手を離し、エメラインは切ない声を上げた。

「ツンあぁ……！」

甘美なはずの快楽が、高みから強引に引きずり下ろされると、エメラインは途方もない苦痛にさいなまれた。もっとふれていてほしいのに、体はむりに悦びを奪われ、はじけかけた火花は行き場を完全に失った。女の部分は最後の閃光《せんこう》を放つことができず、エメラインは感じたことのない不快な息苦しさを覚えて、のどをのけぞらせた。

「ルーファス……、何もかも……誤解なんです……」

「私にはあなたが彼の前に跪いて、彼を悦ばせようとしているように見えましたよ。それも誤解ですか？」

「わたくしは……ああする以外になかったんです……」

「じゃあ、私にも同じことをしていただきましょう」

そう言って、彼女の手首を解放し、代わりに体をまたいで自分の腰を近づけた。

「さあ、あの男にしていたことを私にもしてください」

「そ……、そんなこと……できません……」

「あの男にはできたのに、私にはできないんですか？　あの男にあなたがしたことは、みんな私があなたに教えたことのはずですよ。それとも、私とは別にあの男にも仕込まれていたんですか。あなたは、あの男から教わったことを私に試していたんですか？」

エメラインの目から大粒の涙がこぼれ落ちた。こんなところで泣いてはいけないと思うのに、涙をこらえることができない。ルーファスに誤解されたこと。ルーファスを傷つけたこと。自分には彼しかいないこと。すべて言葉で伝えたいのに、何も言うことができない。彼が自分をどう思っているのか、彼の口から聞いたことはなかったが、彼がいま傷ついていることは、はっきりと感じ取れた。

エメラインは、涙を抑えようとするように目を背けたままでいたが、やがて彼に顔を向け、ズボンのボタンをそろそろと外した。そこはすでに怒張し、ズボンを窮屈そうに押し上げている。彼女は彼を掴んで苦心しながら外に出し、自分の上に突き出された先端に恐る恐る舌を伸ばした。

「ふ……う……」

そこはいつにもまして、硬く、熱く、膨れ上がった先端に舌を這わせるとすぐに何かがこぼれ出た。その何かを、エメラインは舌先ですくい上げ、自分が慣れた頃合いに大きく唇を開いて彼を口いっぱいに飲み込んだ。先端がのどの奥にまで突き刺さり、どくどくと脈打っている。雄渾《ゆうこん》な部位は、エメラインを制圧しようとするように硬直し、エメラインは舌をくねらせながら何度も吸い上げ、顔を前後に動かして、彼に欲望を与えていった。

「なかなかうまくなったじゃないですか。最初とはずいぶんな違いです。私のいない間に、あの男を咥えていた成果ですか？」

「そ、そんなこと……、して……いません……」

彼の硬度と熱でむせ返りそうになりながら、かろうじて答えるが、彼女がそれ以上言葉を発するより早く、ルーファスは腰を激しく前後させ、彼女ののどを貫いた。

「ンふう……、ンンン」

彼女が舌の動きを止めると、すぐさまルーファスが彼女を責め立て、エメラインは急いで彼を吸い込み、根元から先端に向かっていやらしくなめ上げた。裏側の筋をときほぐすように舌先をうごめかせ、張り出した部位のくぼみをくすぐり、先端に接吻《せっぷん》を繰り返し、また咥える。彼女の中で彼の密度がさらに濃くなると、ルーファスが、彼女の髪を摑んで大きく腰を押し引きした。エメラインののどの奥にまで彼が到達し、彼がさらに強く腰を突き出した瞬間、先端から熱い飛沫《ひまつ》が放出され、彼女の口に注ぎ込まれた。

「んんふッ……、ンンっ……」

白い液体がエメラインの口から溢れ出し、ルーファスが腰を引き抜くと、彼女は顔を横合いにしてせき込んだ。彼女の唇から濃い液体が吐き出され、ベッドの上に広が

っていく。彼女は何度も咳を繰り返し、口内に残るしぶきをすべて吐き切った。

「ちゃんと飲まないといけないではありませんか。それとも私のは飲めませんか。あの男の方がおいしいですか？」

「わ、わたくしは……ビースレイ卿のことはなんとも思ってないんです……」

わたくしが想っているのは、あなただけ……。エメラインは心の中でそう呟《つぶや》いたが、いまの自分に彼への愛を口に出す資格はない。ルーファスの思うようなことが何もなかったにせよ、自分がけがれた身であることは間違いないのだ。

ルーファスは、自分の匂いが立ち上るエメラインの唇に顔を近づけた。

「何とも思っていない男にあんなことをする方が、よほど問題ではありませんか」

「ルーファス……」

違う、と答えたいところだが、彼の言うとおりだった。エメラインがそれ以上何も口にすることができないでいると、ルーファスは、コルセットをしたままの彼女の胴部に目を向けた。

「いやらしい部位は見えているのに、体は隠したままなんですね。こちらの方があなたには恥ずかしくないようです」

いつのまにかシュミーズがめくれ上がり、髪と同じ色の茂みがルーファスの前にさらされている。下肢は露《あらわ》になっているのに、腰はきつく締め上げられ、さらにその上からは白い柔肉と赤い尖りが覗いていた。体の中心だけを隠し、上部と下部の恥ずかしい部分を出した姿は、あまりにも扇情《せんじょう》的で、また清冽《せいれつ》な美しさに満ちていた。

ルーファスは、シーツを摑んで、自分の白い断片で汚れた頬を丁寧にぬぐい、目尻からこぼれる涙は、白分の舌できれいにした。

ルーファスの舌が、涙の筋にそって顔を下り、赤い唇に到達すると、エメラインは引き寄せられるように舌を出した。ルーファスは淫奔な求めをあざけることなく、彼女に応じ、濃密に舌を絡め合わせた。角度を変えて舌を奥底まで突き入れ、歯茎《しけい》から舌の付け根、口蓋まで探っていく。舌先が隙間なく重なると、ねっとりとしたうねりがもたらされ、エメラインは悩ましい喘ぎ声を漏らした。

「あぁぁ……」

悲しみで心が張り裂けそうなのに、彼にふれられる一瞬は、あまりにも幸せで快い。その幸せはなにものにもかえがたく、エメラインは、一度だけでも彼に愛されることができるなら、命を捨ててもいいとさえ思った。むしろ、命を捨て去りたかった。彼の愛に包まれたまま生を終えることができるなら、これほど満足なことはない。

だが、それは決して叶わない望みだった。エメラインは、ヴァルゲル男爵家の令嬢で、そのために必要なことをしなければならない。

ルーファスがゆっくりと顔を離すと、エメラインは絶望のこもった瞳で彼を見た。

彼もエメラインを見つめていた。その中には、エメラインより深い悲しみがひそんでいた。エメラインは、なんとかして彼を慰めたいと思ったが、そのためにふさわしい言葉はどこを探しても見つからなかった。

ルーファスが彼女の体を軽く持ち上げると、エメラインはベッドにうつ伏せになった。コルセットに押し上げられた乳房が、今度は下方に動き、ベッドにこぼれ落ちる直前でルーファスがすくい取る。彼は、コルセットの上部に手を入れて、両方の乳房をすべて取り出し、執拗にもみしだいた。指の間に尖りを挟んで擦りつけると、エメラインはたまらず腰を浮き上がらせた。ルーファスは、彼女の腹に腕を入れて腰を高く上げ、ベッドに膝を立てさせた。エメラインは、顔を寝具に埋めて尻だけを突き出した格好になり、ルーファスは、腹に回していた手を背後から茂みへと移動させた。

「あっ……、ぁぁ……」

ルーファスが、後方から体をぴったりと張り付かせ、内股に手を差し込むと、そこはすでに濡れそぼり、いやらしい蜜を大腿の間からベッドへと滴らせている。

彼は、中指で彼女の秘裂をなぞったあと、ゆっくりと中心に沈めていった。

「ル、ルーファス……、ああ……」

エメラインが、わずかに声を引き攣らせると、ルーファスが耳元で囁いた。

「まだ処女膜はありますか？　それとも、あの男に破られましたか」

「な……、何……」

「知りませんか。純潔の女性は、そういうもので守られているんですよ。でも、あなたはもう違うかもしれませんね」

ルーファスは残忍な声を出したが、その指先は彼女がおびえていることを感じ取り、強引に進もうとはしなかった。浅い部分を探ったあと、ほんの少しだけ奥に沈み、またそこを探ってから中へと入っていく。中指だけだというのにたっぷり時間をかけ、根元まで収まった頃には彼女の恐怖はずいぶんと和らいでいた。

ルーファスは、彼女の硬さを確かめるように軽く指を前後させたあと、慎重に動かした。すでに何度も彼にさわられているというのに、内部に彼を感じたのは初めてだ。指であっても、エメラインにとっては間違いなく彼の一部だった。

ルーファスは、指の腹でさまざまな箇所を押し、彼女の喘ぎ声に彩りが混ざると、すかさずそこを擦り続けた。何も教えられていないのに、そこは、彼の指に合わせて弛緩《しかん》しては収縮し、淫らに形を変えていく。ルーファスは、エメラインの大腿に、すでに勢いを取り戻した自分を挟み込み、中心に立てた指を丁寧に抜き差しした。彼女の内部がどうなっているか調べるように、奥底から入り口まで引き戻してからまた押し入れ、あらゆる場所を探っていく。エメラインは、最初のうちは不快な異物感だけを覚えていたが、彼が行き来を繰り返すと、次第にこれまでとは違う快楽を感じはじめた。彼の動きが鮮烈な劣情をもたらすと、そこがなんのための部位か、体だけでなく理性も理解し、淫熱が燃え上がるにつれ、指一本ではたりなくなった。ルーファスは彼女の望みを察し、含み笑いとともに言った。

「これでは、満足できないでしょう。あの男が何本入れたのか知りませんが、少なくともあの男よりはよくしてあげますから、ご期待ください」

彼はもう一本、注意深く指を進め、狭い内部を傷つけないようにゆっくりと出し入れした。

「ふう……、ンふうう……」

また彼女の内部に鈍い痛みがやってきたが、彼が手首を回しながら指を動かしていくにつれ、何もかもが快感へと変わっていった。二本の指が、突き入れられては引き戻されると、とらえどころのない悦びが背中からこみ上げる。エメラインが、悦びに身をゆだねようとした時、ルーファスが動きを止め、彼女の歓喜をさえぎった。

「ああ……、だめッ……！」

エメラインは、思わず彼を締め付け、中心をうねらせた。それが無意識の行為なのか、意識して行っているのか自分でもわからない。だが、ルーファスはすべて気づいていると言いたげに、朱に染まったエメラインの横顔を背後から覗き込んだ。

「動かしてほしいですか？」

エメラインはいったん言いよどんでから、小さな声で、

「はい……」

と答えた。残酷な言葉をかけられるかと思ったが、ルーファスはほほえんだまま、彼女の望むとおり、二本の指を抜き差しした。浅い部分を貫き、奥深くまで差し込み、彼女が強く反応するとすかさずそこを責め立てる。ルーファスは、エメラインの好きな場所をひとつずつ探していき、彼女の声が高くなると、また指を止めた。

エメラインの背中がひくつき、彼からの愛撫を求めて、腰が微細な震えを帯びる。エメラインが、ねだるような声を漏らすと、ルーファスはまた指を動かした。

あらゆる箇所が摩擦され、押し広げられると、彼女の体が自分でも信じられないほど妖美に花開いていく。彼の指がすっかりなじんだ頃には、彼女はもっと違うものを欲し、淫らに腰を揺らめかせていた。彼女が求めるものは、白い大腿の間で硬い熱を放っている。そのことに彼女の理性は気づいていなかったが、体はすでに知っていた。

「何がほしいのか言ってみてください」

エメラインの切なげな表情を見て、ルーファスが囁いた。

「あなたがほしいのは、指ではないんでしょう。それとも、これでいいんですか？」

エメラインは、「ああ……」と熱い吐息をこぼした。彼女の内股にあたっているものがほしくてたまらない。指の動きは、彼女の渇望を煽るためだけにあり、快楽が高

まれば高まるほど、彼女の渇きはつのっていった。

「ルーファス……」

エメラインは、はしたない喘ぎ声とともに彼の名を呼んだ。それは魔法の名前だ。彼女に安堵《あんど》と幸せ、温かい喜びをもたらしてやまない。こんな風にもてあそばれている時でさえ、彼の名を口ずさむと心がゆっくりと凪《な》いでいく。

エメラインは、その甘やかな響きに身をゆだねながら、彼の声を、言葉を、熱を、指を、高まりを全身で感じていた。エメラインがうっとりした溜め息を漏らし、背中を反り返らせた時、またルーファスが動きを止めた。細い体が少しだけひくついたが、頂点に駆け上がる前に欲望がとぎれ、切ない苦しみがやってくる。ルーファスはふたたび指を動かし、彼女が波を感じると、また快楽をさえぎった。

同じことがたえまなく繰り返され、エメラインは我慢できなくなってきた。彼女の目尻から、悲しみだけではない、体の渇欲を示す涙が盛り上がる。ルーファスが指を動かし、また止めると、熱いしずくがベッドの上にいくつぶも滴った。

「ルーファス、お願い……、もうだめ。そ、それ以上されては……、わたくし……」

「何がだめなのか、はっきり言わないとわかりませんよ」

ルーファスがまた動きを止め、エメラインは薄い肩をすくませた。彼の行為はもはや苦しみでしかなく、彼女の熱情が燃え上がったかと思うと、彼はすぐその火を消し、次第にその感覚がせばまっていく。彼女の高まりが極限にまで達し、やっと悦びを得られると思った瞬間、またもやすべてがなぎはらわれ、彼女は痛々しい声を上げた。

「ルーファス、入れて……。あなたを入れてください……。こ、これを、わたくしの中に……」

エメラインは、とうとう自分にふれている灼熱の杭《くい》に手を添え、自分の中心に引き寄せた。同時に、ルーファスの指が激しく内部を擦り上げ、エメラインは鮮烈なきらめきの中に投げ出された。

「あっ、あっぁ……、ぁああ……！」

熱い声をほとばしらせ、官能に浸ろうとした時、ルーファスが指を引き抜き、慌てて腰がついていく。彼は、獣のような姿で突き上げられた大腿に手のひらをあてがい、親指を使って秘裂を広げ、もはや彼しか望んでいない部位に自分自身を押しあてた。ルーファスの先端を感じると、満足していない下腹が彼を求めて上方へと移動する。ルーファスは彼女に合わせるように、狭い部位に先端をねじり入れた。

「あッ……、いや……、い……ッ」

鋭利な痛みがエメラインを貫き、彼女は寝具に頰をすり寄せた。快楽が得られると思っていたのに、苦痛に襲われるなんて。だが、その痛みはどこか甘美で、彼女の中のたりない部分がすっかり満たされた気がした。

ルーファスは、じりじりとした遅さで自分を奥まで進めると、しばらくそのまま動かなかった。彼は、背後からエメラインを強く抱きしめ、エメラインは自分の中に彼の形と硬度をはっきりと感じた。ルーファスの鼓動が背中に響くと、せわしなく上下していた心臓が穏やかになっていく。だが、その鼓動はシャツとコルセットを隔て、彼女にはもどかしい。彼の熱を直接肌で感じ取りたかったが、彼は服を着ていることが自分の怒りの表れだというようにそれ以上脱ごうとしなかった。

エメラインの中から痛みが静かに引いていく。ルーファスは彼女の表情が和らいだのを見て、ゆっくり腰を動かしはじめた。彼が引き戻した瞬間、乙女のしるしが彼女の中から滴り落ち、白いシーツを汚した。ルーファスは赤い涙をちらりと見てから、勢いよく腰を突き入れた。

「ンあぁ……ッ」

エメラインの体にまた痛みがやってきた。ひりつくような感じが下腹をおおい、彼が動くたび痛みが激しくなっていく。――いや、違う。激しくなっていくのは、別の感覚だ。痛みとまごうほど鋭い快楽。それは、彼女を初めての世界へといざない、彼が腰を前後させ、深々と突き入れると、しびれるような愉悦が彼女の背中を駆け上がった。ルーファスは、何をどこまで気づいているのだろう。自分が、本当に彼を裏切ったと思っているのか。ビースレイ子爵を悦ばせていたと考えているのか。

エメラインの中にさまざまな疑問が浮かび上がっては消えていったが、やがてひとつの答えにたどりついた。彼は何もかもを知っている。少なくともいまは知っているはずだ。彼女が、彼を裏切っていないこと。ビースレイ子爵には彼が見た以上のことは何もしていないこと。ルーファス以外に誰一人ふれられてはいないこと。

彼が、怒りの言葉をかけながら優しくふれるのも、突き入れながら彼女の情熱をうかがうのも、涙を舌先でぬぐうのも、すべてを知っているあかしだ。きっと彼女の悲しみに気づいた時にすべて悟ったのだろう。だが、どうしてエメラインがあんなことをしたのかはわからない。事情があるはずだが、エメラインはその事情を話そうとしない。彼は、そのことに怒っているのだ。彼女が自分に何も話そうとしないこと。彼女が自分を信頼していないこと。——自分が、彼女にとって信頼できるだけの男ではないこと……。

そんなことはない、とエメラインは思った。エメラインには彼しかいない。自分のすべては彼のものだ。かつては、思い出に息づく少年のものだった自分の心は、すでにルーファスのものになっている。ルーファスのこと以外考えられない。だからこそ、何も言えなかった。ヴァルゲル男爵家の不名誉を知ったら、彼はどんな反応を示すだろう。もしかしてエメラインの両親を軽蔑《けいべつ》するかもしれない。エメラインの両親を軽蔑するということは、エメラインを軽蔑するということだ。

エメラインの目から、ふたたび涙がこぼれ落ちた。ルーファスが、彼女の尻をしっかりと固定し、たたきつけるように自分を押し入れ、狭い内部を擦っていく。彼が動くたび快楽は濃くなり、張り出した部位が内壁をえぐり、先端がさまざまな箇所を貫くと、初めは異質だったものが燃え尽きることのない焦熱へと変化し、歓喜が高まれば高まるほど、彼女の中の感情も高まった。

悲しみ、切なさ、苦しみ、痛み、そして、自分に対する憎しみが、彼女の内部を焦がしていく。彼をこんなにも愛している。それなのに、彼を傷つけてしまった。そんな自分が許せない。

ルーファスが律動を徐々に速めると、途方もない大波が背中からこみ上げ、ルーファスは、彼女の歓喜を見計らって、野獣のように彼女の奥底に突き入れた。

その瞬間、彼女は悦楽の園に駆けのぼり、失意と絶望の果てで意識を失った。

第五章　あなたと甘いダンスを

穏やかな寝息を感じて、エメラインは身じろぎした。快いリズムが、彼女のすぐそばにある。目を開くと、ルーファスが眠っていた。彼女の体に手を回し、これまで見たことがないほど安らかな表情で、深い眠りの底にいる。エメラインは、静かな幸せを感じて、ルーファスの頬に指を伸ばした。——温かい。

手のひらで彼の頬を包み込み、端麗《たんれい》な寝顔を熱い瞳で見つめてから、彼の額にそっと唇をあてがった。その瞬間、流し尽くしたはずの涙が、またベッドに滴った。

「ごめんなさい、ルーファス……。わたくし、なんてことを……」

あやうく泣き声がこぼれかけ、エメラインは口をふさいで上体を起こそうとした。そのとたん、彼女の体から寝具だと思っていたものがはらりと滑り落ちた。それは、華やかなチュールと飾りリボンに縁取られた愛らしいナイトガウンだった。

マダム・セリネットと三人で入った店で、最初にエメラインが目をとめたものだ。どうしてこれがここにあるのか、そして、どうして自分の体にかけられているのか。

胴部を締め付けるコルセットの紐は緩んでいたが、外れてはいなかった。ルーファスが気を遣ったのだろう。もう何をされてもいいのに、すべてはぎ取れば彼女がつらい思いをするに違いないと考えて紐を緩めるだけでいた彼を、心の底から愛しいと思った。エメラインは、コルセットの上からナイトガウンを身につけ、自分の涙でルーファスを起こす前にすばやく部屋を出ていった。

廊下に出て、背中で扉を閉じたとたん、抑えていた声が溢れ返った。母と妹はどうしているだろう。ビースレイ子爵は、母のもとに行っただろうか。母たちが気がかりだが、いまの自分にできることは何もない。涙と不安でこめかみが痛み、目が回りそうだ。体の奥底には、まだルーファスの形が残っていたが、いつかは消えてしまうに違いない。だが、彼への思慕はこの先一生消えないだろう。

こんなところで泣いてはいけない。そう思うほど涙の粒は大きくなり、エメラインはその場で泣き崩れた。

ふと、こちらに近づいてくる足音が聞こえ、エメラインは顔を上げた。薄暗い廊下の向こうから、誰かがエメラインに目を細めている。

エメラインは、涙で歪んだ人影を見て、かすれた声を出した。

「お母さまに……、わたくし、何も言っていません……。もしかして警察を呼んでいるかも……。ここに……警察が……ルーファスのことがわかれば……」

エメラインは、自分でも何を話しているのかわからず、混沌《こんとん》とした頭の中に浮かんできたことだけを口にした。

「ルーファスが捕まってしまうかもしれません……！　彼の正体がわかれば……」

「落ち着いてください、マドモアゼル。あなたのお父さまには、あなたが今日ここでお泊まりになると使いを出しておきました。お母さまもすでにご存じです。ここに警察は来ません。さあ、立ってください」

「ルーファスが……捕まります……」

「彼は捕まりませんよ。紅茶を用意します。のどが渇いたでしょうから」

男はエメラインに近づき、彼女の肘に軽く手を添えて立ち上がらせた。エメラインは、そこにいた男が誰かやっと気づき、その名を呼んだ。

「オベール卿……」

＊＊＊

オベール伯がエメラインを連れてきたのは、一階にある広間だった。ルーファスが見立てたのだろう、広い室内には、採光や彩りに合わせ、さまざまな植物が置かれていた。太陽は沈みかけていたが、まだ光は残っている。窓辺でほころぶ花は、エメラインがよく知っている名前なのに、なぜか思い出すことができなかった。

オベール伯は、エメラインをしばし一人にしたあと、銀の食台を押して戻ってきた。

エメラインは、自分がナイトガウン姿であることを思い出し、襟元をかき集めたが、いまさら恥じらったところでどうしようもない。

「お砂糖はいくつになさいますか」

オベール伯が訊き、エメラインは答えた。

「四つお願いします」

「それでは紅茶の味がわかりません。二つにしておきましょう」

彼は、できうるかぎりの譲歩をしたというような口振りで言い、角砂糖を二つだけ入れてミルクを注ぎ、作法どおり紅茶を入れた。

「どうぞ」

エメラインは少し迷ってから、テーブルの前の椅子に腰を下ろし、ダージリンの芳香を吸い込んで、カップに口をつけた。紅茶がすみずみに行き渡ると、ささくれた心が凪いでいく。オベール伯は立ったままだ。彼女から完璧な距離を取っているが、それが気になって仕方ない。

「お座りになってください……」

「結構です」

エメラインは再度勧める勇気もなく、カップの表層に目を戻した。しばし、紅茶を見つめたあと、カップをソーサーに戻してテーブルに置き、思い切って言った。

「わたくし、オベール卿にお願いがあります」

エメラインは、頭上から注がれる慇懃な威圧感をはねのけるように顔を上げた。

「わたくしの友人を……、サーシャをあきらめてほしいんです」

「ほう……？」

オベール伯は一言いったきり、彼女の次の言葉を待った。

「わたくし、あなたがミスター・キャラガーのご令嬢のサーシャに夢中で、復活祭の日に求婚するつもりだとお聞きしました。ですが、サーシャには愛する人がいるのです。お願いですから、サーシャをあきらめてください。そのためにわたくしができることはなんでもします！　ですから……」

エメラインは、一気にそう言いおえると、涙の滲んだまなざしを彼に向けた。オベール伯はどんな反応を示すのか。そんなことは嘘だと彼女を怒鳴りつけるか、いますぐミスター・キャラガーのもとに使いをやるか、それとも……。

エメラインが、恐怖と不安で瞳を揺らがせていると、オベール伯は思ってもみないことを口にした。

「わかりました」

エメラインは、わずかに目を開いた。

「で……、では、サーシャをあきらめてくださるのですか？」

「そうは言っていません。わかりました、とお伝えしただけです」

エメラインは、どう反応すべきか迷い、彼の様子をうかがった。オベール伯は、どこもかしこも大きくできている顔からは、なんの感情も読み取れない。両手を自分の前で重ね合わせ、物腰穏やかに口を開いた。

「ご友人のことより、あなたのことです。あなたに何があったのか、教えてください。あなたは……」

いったん言葉を切ってから、言いにくいことを口にするというように軽くあごを動かした。

「――ルーファスと何があったのでしょう」

エメラインは、もう一度彼を見上げた。自分には、何かがわかっている気がする。だが、その何かが判然としない。言葉に表すことのできないもやもやしたもの。目の前にいる彼のこと。この男は……、――ルーファスは……。

「エメライン嬢、あなたはさきほどなぜ泣いていらっしゃったんですか？」

ルーファスには決して言えないこと、――だが、言えないのは、ルーファスだけだ。彼以外になら、誰に知られたところでかまわない。

「わたくしは……、ルーファスを愛しているんです……」

そう言ったとたん、また涙がこぼれ、エメラインは俯いた。しばらくそのままでいたあと、深呼吸をして、ゆっくりと言葉を絞り出した。

「わたくしの父は、ヴァルゲル男爵家の負債のため、わたくしをビースレイ卿に売り渡してしまいました。わたくしは、ビースレイ卿の命令で……彼にとてもはしたないことをしてしまったんです。それをルーファスに見られて……」

エメラインは言葉をつまらせたあと、嗚咽《おえつ》とともに苦しみを吐き出した。

「わ……、わたくしは、ルーファスに軽蔑されてしまいました……。もう生きてはいけません……、生きていたくもありません。ですが、家族のことを考えたら、死ぬこともできないのです。それで泣いていました……」

すべてを吐き出してしまうと、心の楔《くさび》がひとつだけ取れた気がした。楔はあといくつあるのかわからなかったが、それでもエメラインの中の痛みがひとつ消えたことは確かだった。エメラインは、そこにいるのが誰かも忘れ、ずっとしゃくり上げた。もう彼が誰であってもかまわない。ルーファスでないのなら、誰だって一緒だ。

長い間、オベール伯はそのままでいた。説教をするか、怒鳴りつけるか、それとも沈黙したままか——。ずいぶん経《た》ってからオベール伯は口を開いた。

「わかりました」

エメラインは、涙の影から彼を見た。また「わかりました」だ。

「五日後に、マダムにここでダンス・パーティーを開いていただきます。その時に、あなたも招待するように言っておきましょう。ぜひご出席ください」

「マダム……」

エメラインは、ぼんやりと呟いた。「マダム」とはマダム・セリネットのことに違いない。だが、自分の妹のことを「マダム」と呼ぶものだろうか。

エメラインの父は、エメラインの母を「ミセス・ヴァルゲル」と呼び、母は父のことを「ミスター・ヴァルゲル」と呼ぶ。それは、上流階級での夫婦の呼び方だ。ならば、自分の妹のことを「マダム」と呼んでもおかしくはないが、なにかが引っかかる。

エメラインは、もどかしい考えを振り払い、もっとも気になることを訊いた。

「ルーファスは……その場にいるのでしょうか……」

「その場にいるように命じましょう」

五日後のダンス・パーティー。それから、さらに四回太陽を見れば、復活祭だ。

エメラインは、しばしオベール伯を見つめていた。彼の表情はさきほどからわずかたりとも揺らがず、エメラインを見ているのかどうかさえわからない。だが、なぜか彼の言葉はエメラインを安心させた。

「ビースレイ卿は、ルーファスが誰かは知りません。ですが、調べようと思えば簡単に調べられます。もしルーファスがあなたに仕えていることがわかれば……。ビースレイ卿は、かりにも貴族です。そんな方を殴ったなんてことになったら、何年も牢屋《ろうや》に入ることになります。あなたにもどんな迷惑がかかるかわかりません。わたくしはどうなってもかまわないんです。でも、ルーファスは……」

「ビースレイ卿のことはお忘れください。あの方があなたのもとを訪ねていらっしゃっても気にする必要はありません」

「ですが……」

「ダンス・パーティーまでむずかしいことを考えるのはおよしなさい。考えたところで、何かが解決するわけではありません。明日の朝、あなたをお邸までお送りしますから、もうお休みを。何かお訊きになりたいことはありますか」

エメラインはゆっくり息を吸って吐いたあと、恐る恐る口を開いた。

「ルーファスは……、わたくしと踊ってくださるでしょうか……」

オベール伯は神妙に答えた。

「本人にお訊きください」

＊＊＊

五日後にダンス・パーティーというのは、いくら田舎でもずいぶん急な話だったが、エメラインが自分の邸に戻った時には、すでにマダム・セリネットから招待状が届いていた。母は「いくらなんでも急すぎますわ」と言ったが、それだけだった。パーティーの出欠は、特に必要がなかったからだ。何人招待し、何人出席するのかはわからないが、準備が間に合わなくて恥をかくのは、マダム・ド・コーヴァンだ、――母が心の中でそう思っているのは明らかだった。出欠を訊かないとなれば、さして格式張ったものではないはずだが、母はすぐさま当日着ていく装いを見立てはじめた。

目の前のドレスがエメラインの結納金で買ったものだと母が知らないわけはない。知っていながら、そのドレスを着るのは、エメラインがビースレイ子爵と結婚すると信じ切っているからだ。純潔でなくなったいま、もうビースレイ子爵と結婚することはできない。母には、そのことを告げなければいけないが、どうしても勇気が出なかった。

ダンス・パーティーには、以前から持っているドレスを着ていこう、とエメラインは思った。少しみすぼらしいが、ビースレイ子爵の結納金で買ったドレスを着ていくことはできない。

「ビースレイ卿に謝らないと……」

謝ったぐらいで許してもらえるとは思えないが、もはや彼の慈悲にすがるしかない。彼のためになんでもすると言って許しを請えば……、彼がどんな要求をしてくるか考えただけでも恐ろしいが、仕方のないことだ。重苦しい不安がこみ上げた瞬間、「むずかしいことは考えるな」とオベール伯に言われたことを思い出し、何もかもダンス・パーティーが終わったあとにしようと決心した。

ビースレイ子爵がやってきたのは、その三日後、――ダンス・パーティーの前日だった。彼は、左頬にどす黒いあざをつけていた。いつもどおり穏やかな笑みを浮かべようとはしていたが、唇は怒りでわななき、自分で思っているほどうまくいってはいなかった。

この三日、顔の腫《は》れが引くまで邸に閉じこもっていたのだろう。警察に届け出るなら早いにこしたことはないが、ビースレイ子爵にとって、歪んだ顔を見られるのは、どんなことよりもたえがたい屈辱だったようだ。階段の陰から応接室の様子をうかがっていたエメラインは、ビースレイ子爵が「ミス・ヴァルゲルの体面を考え、まだ警察には届け出ていませんが……」と言った時、大きく胸をなで下ろした。もちろん、彼の言う体面とは、エメラインではなく、彼自身のものだ。

エメラインは息をつめて、彼の次の言葉を待った。

「ミス・ヴァルゲルは、誰ともわからぬ無頼漢《ぶらいかん》に連れ去られました。彼女を助けようとして、この有様です」

父が、ビースレイ子爵の言葉をどこまで信じたのかはわからない。本当にエメラインを助けようとして殴られたのなら、すぐ警察に行くべきだ。だが、彼の支払った多額の結納金がものを言ったのだろう、父は自分の知っていることだけを口にした。

「エメラインは気分が悪くなり、パーティーを途中で退席してオベール卿の別荘に行ったとのことです。エメラインから、問題があったとは聞いていませんが」

ビースレイ子爵が不審そうに眉をひそめると、父が続けた。

「オベール卿から使いが来たんです。調子が優れないようなので、自分の邸に泊まっていってもらう、と」

「オベール卿というと、最近ロンドンに来たという、あのフランス人伯爵ですか」

「はい。オベール卿と面識はありませんが、娘は、ごきょうだいであるマダム・ド・コーヴァンと親しくさせていただいているので、実際はマダム・ド・コーヴァンが寄こしてくださったのでしょうが」

ビースレイ子爵はしばし沈黙した。その沈黙は、彼が、ルーファスの正体に気づいたあかしだった。父が、不安そうな声で訊いた。

「娘が、何かやらかしましたでしょうか……。まだ娘には、あなたとの結婚の話は伝えていません。ガーデン・パーティーから戻ってきて以降、ずっと体調を悪くしておりまして、元気になってから話そうと思っている次第です。エメラインをここに呼びますか？　よろしければいま……」

エメラインがびくりと体をこわばらせると、即座にビースレイ子爵が答えた。

「体調が悪いとのことでしたら、急いでいただく必要はありません。——ところで、オベール卿の邸に執事はいますでしょうか」

「大きなお邸ですから、たぶんいるのではないでしょうか。明日のパーティーに行けばわかると思いますが」

「パーティー……？」

「マダム・ド・コーヴァンが開催されるダンス・パーティーです。ビースレイ卿のもとへは招待状が届いていませんか」

父がどこか心配そうに言うと、ビースレイ子爵は一瞬顔をしかめたのち、何かを思い出したように目を開いた。

「あれですか！　そういえば、何日か前に届いていましたな。なじみのない名前だったので放っておいたのですが、まさかオベール卿のごきょうだいだったとは……」

彼の言う「何日か前」はおそらくガーデン・パーティーの翌日だろう。招待状のことをうっかり失念したのか、怒りのあまり八つ当たりして放り出したのかはわからない。父は、安堵したような息を吐いた。

「もし出席なさるのであれば、娘をエスコートしていただけますでしょうか」

「残念ですが、いまの私は男爵令嬢のエスコートにふさわしいとは言えません。今日はこれで失礼させていただきます」

ビースレイ子爵の声とともに扉が開き、エメラインは、彼が姿を現す前に階段をのぼっていった。


マダム・セリネットから使いが来たのは、午後のお茶の時間をすぎた頃だった。部屋に閉じこもっていたエメラインは、サーシャの声でベッドから起き上がった。

「エメライン、あなたに何か届いたそうよ」

「入って、サーシャ」

一週間前までは、エメラインが常にサーシャを気遣い、何かと声をかけていたのに、最近ではそれがすっかり逆転し、サーシャがエメラインの沈んだ様子を見ては慰めてくれていた。

サーシャが扉を開き、エメラインの様子をうかがった。彼女の後ろにどうやら誰かいるようだ。

「何か……、て?」

エメラインが不審そうな顔をすると、サーシャが中に入ってきた。

「あなたのお友達からプレゼントみたい」

サーシャに続き、荷物を抱えた二人の男がやってくる。コーヴァン家に仕える従僕だ。すでに顔なじみとなった二人は、エメラインに向かって軽く会釈し、サーシャが「あそこのソファに置いてください」と言うと、いくつもの箱をソファに重ね、再び会釈して出て行った。

どうやらサーシャは、そのプレゼントが誰から贈られたものかは知らないようだ。メイドが従僕たちを出迎え、サーシャがエメラインの様子を見るついでに彼らを案内したのだろう。エメラインがオーベル伯の妹と親しくしていることはまだ気づいていないはずだが、いつまで隠していられるかわからない。もっとも、あと数日ですべてが終わる。何もかもすべて――。

「ここにカードがついているわ」

サーシャは、一番上の箱をベッドまで持ってきて、エメラインのすぐそばに置いた。箱に赤いリボンがかけられ、メッセージ・カードが添えられている。手に取って中を開くと、「パーティーでお待ちしております」とだけ書かれていた。エメラインは、わずかなざわめきを感じて、そのカードを見つめていた。マダム・セリネットの筆跡ではない。彼女の筆跡を知っているわけではないが、この字は、きっと……。

エメラインは、はやる気持ちを抑え、リボンを外して箱を開いた。

「まあ！」

声を上げたのは、サーシャだった。そこには、真っ赤な薔薇《ばら》の造花がいくつもあしらわれた紺碧《こんぺき》色のドレスが入っていた。エメラインはドレスの肩を摑んでゆっくりと持ち上げた。それ以外の箱には、同じ薔薇の髪飾りとレースの縁取りがついた扇子、白い手袋と白い靴、光沢のある緋色のコルセットから絹性のストッキング、シュミーズにいたるまで、すべてがそろっていた。サイズはどれもエメラインにぴったりだ。

「なんてきれい」

サーシャは、リボンのついた靴を摑んで、うっとりと言った。

「明日のダンス・パーティーに着ていくものね。貴族でなくてよかったわ。オーベル卿のごきょうだいのパーティーに招待されなくてすむんだもの。――にしても……。これを贈ってきたのってもしかしてあなたの……」

サーシャが冗談とも本気ともつかない声を出し、エメラインは真っ赤になった。

「やっぱりそうなのね！　あなたの愛する方は、いったいどなた？」

エメラインが唇を開こうとすると、すぐにサーシャが言った。

「いいえ、いいの。許されない相手と恋をすることがどういうことか、わたしだって知っているもの。でも、そのお相手は、とても素敵な方なんでしょうね」

エメラインは、素直に喜ぶサーシャを見て、悲しいほほえみを浮かべた。

「こんなきれいなドレス……、わたくし、どうしたらいいの？」

「着ていけばいいのよ！　そのためのドレスですもの」

サーシャが、エメラインの肘に腕を絡め、彼女の体を抱き寄せた。

「そんな顔をしないで。きっと明日はいいことが起こるわ」

エメラインは、ここ最近見ることのなかったサーシャの笑顔をしみじみと眺めた。

「あなたのそんな顔は久しぶりね」

「すべてあなたのおかげよ、エメライン。あなたがわたしのそばにいて、いつも元気づけてくれたから。わたし、あなたの元気を奪ったのかもしれない。この間、むずかしいことは考えるなって言ったでしょう？　だから、わたし、考えるのをやめにしたの」

「とてもいいことがあったみたい。あなたの想う方と何かあったの？」

「何かあるのはこれからよ。わたし、このままでは死ぬしかないって、あなたに言ったでしょう？　そのことをついあの方の前でも口にしてしまったの。そうしたら、死ぬなら一緒に死のうって仰《おっしゃ》ってくださったの！」

エメラインは表情を変え、サーシャに切実な目を向けた。

「死ぬなんて絶対だめ！　あなたも、あなたの愛する方も死なせやしないわっ」

「エメラインったら、本当に死ぬわけじゃないわ。こうなった以上、どうしようもないから死ぬ気でかかるってこと。この間、あの方に、あなたがつらい思いをするのはたえられないって言ったら、あの方は、わたしがつらい思いをする方がたえられないって仰ったの。それで、わたしたち、笑い合ったのよ。だって、そうじゃない？　これまであの方のためなら何をしてもいいと思っていたのに、その考えがあの方を苦しめていたんですもの。だから、不幸になるなら一緒になるって決めたのよ。あの方と一緒ならどんなことだって幸せですもの」

サーシャは、心配そうなエメラインを見て、ほがらかな声を出した。

「大丈夫よ、エメライン。何があっても最後は死ぬだけなんだから。わたし、あの方と一緒に死ねるなら、ちっとも怖くない」

エメラインは、サーシャの額に自分の額をくっつけた。

「あなたは強いのね、サーシャ……。わたくし、あなたのようにはなれないわ」

「強いのはあなたよ。あなたがわたしのためにとっても危険なことをしてくれていること、ずっと前から気づいていたの。だって、あなたったらわたしを見るたびに大丈夫って言うんだもの。わたしはあなたのその言葉に甘えて、あなたがどんなことをしているか考えないようにしていたの。でも、もうやめて。あなたは自分の幸せを考えてちょうだい。あなたが幸せじゃなかったら、わたしも幸せではいられないわ」

「ありがとう、サーシャ」

「それはわたしの言う言葉よ。あなたが幸せになることを心の底から祈っているわ」

「わたくしも、あなたの幸せを祈っている」

「それはもう必要ないわ。だって、わたしはとても幸せですもの！」

サーシャがそう言うと、エメラインは久しぶりに声を立てて笑い、サーシャも笑った。エメラインの目に涙が滲んだが、それはとても心地よい涙だった。

＊＊＊

翌日、紅茶とサンドイッチだけの朝食を終えると、エメラインと二人の妹はさっそくドレスを身につけた。下の妹もこの日のために新しいドレスを買ってもらっていたが、エメラインは何も考えないようにした。

メイドがコルセットの鯨ひげを思い切り締め付け、腰を可能なかぎり細く見せる。髪を輝くまでときほぐして丁寧な巻き毛を作り、昨日贈られてきたドレスを着て鏡を覗き込むと、見知らぬ女性が立っていた。

光り輝く白金の髪は耳元で幾房も編み込み、あまった部分を背中に長く垂らしている。その房には華やかな薔薇の造花が飾られ、彼女の髪を美しく引き立てた。同じ色の薔薇が、襟ぐりの深い胸元から大きな螺旋《らせん》を描くようにドレス全体に広がり、長い白手袋をつけた腕はしなやかで、ドレスの後方は大きく床に垂れている。

「お姉さまのドレス、すごくきれい！　わたくしもマダム・ド・コーヴァンと仲良くしておけばよかったわ」

「ばかね、きれいなのはドレスじゃなくて、お姉さまよ」

上の妹がうらやむように言い、下の妹がいさめるような口調になった。エメラインは頬を染めながら、鏡の中の自分を見た。ルーファスは、このドレスをどうやって手に入れたのだろう。もしかしてルーファスではなく、オベール伯が彼女に贈ったのだろうか？　どちらにしろ、彼女にぴったりの花はルーファスの見立てに違いなく、彼がどんな顔でこのドレスを選んだのか想像して、恥じらいと幸福感に満たされた。切なさと痛みもやってきた。ルーファスに会えるのは、今日が最後かもしれない……。

準備を終えて玄関広間に行くと、母が待っていて、エメラインを一瞥《いちべつ》した。文句を言いたそうな顔ではあったが、ドレスのすばらしさは母の皮肉を簡単に封じた。あとからやってきた父は、妹二人を見て、それぞれに頷きかけ、最後にエメラインに目を向けて、厳格な彼らしからぬ嘆息をついた。

「今日は本当に美しいよ、エメライン……、いや、おまえたちも」

すぐ妹たちに取り繕ったが、いつもは何か言ったに違いない彼女たちも今日は父の言葉を素直に聞き入れた。

「お兄さまは、またお仕事ですの？」

姿の見えない兄を心配して、エメラインが父に訊くと、父は怒ったような、あきらめたような口調で答えた。

「何をしているのかわからんがな。今日は田舎のダンス・パーティーだし、行きたくなければ行く必要はない。あの招待状では大した客も来ないだろうしな」

父はどこか見下したように鼻を鳴らすと、玄関扉の前に待たせていた貸し馬車に乗り込んだ。


馬車がマダム・セリネットの邸の敷地に入り、ほどなくすると、父は自分の言葉が間違っていたことを思い知らされた。ダーリング伯爵家のガーデン・パーティーも壮《そう》麗《れい》なものだったが、マダム・セリネットのダンス・パーティーはそれをはるかに凌《りょう》駕《が》していた。彼女が、どこまでの範囲で、何人に招待状を出したのかわからないが、王室の園遊会ではないかと思うほど大勢の人々がつめかけている。まだ社交界に姿を現していない「オベール伯」がどのような男か見極めるために、時間をかけて足を運んだようだ。玄関扉の前では、ロンドン社交界に名だたる何人もの名士たちが居並び、カナリアを思わせる鮮やかな黄色のドレスを着たマダム・セリネットが、すぐそばにカナリアのかごが下がったスタンドを置き、小さな羽ばたきに合わせるように招待客に向かって優雅にあいさつしていた。

ヴァルゲル男爵家の番になり、父母が慇懃にあいさつしたあとで、エメラインが立ち止まると、彼女が口を開くより早く、マダム・セリネットが美しくほほえみかけた。

「どうぞお入りください」

あいさつの列が続く中で、それ以上足を止めることはできず、エメラインはスカートを軽く持ち上げて、父母の後ろについていった。

舞踏室に入ると、きらめくような空間が広がった。まばゆいシャンデリア、オーケストラの演奏。舞踏室のまわりに設けられたソファには何人もの貴婦人が座り、紳士が手を差し伸べて、ダンスを申し込んでいる。未婚の淑女は、隣に座ったシャペロンをちらりとうかがい、シャペロンが頷いたのを確認して、やっと紳士の手に指を乗せた。田舎のダンス・パーティーというより、社交界の正式な舞踏会だ。社交界と違うのは、社交界デビューをしていない若い男女も踊っていることだった。

二人の妹は、圧倒されたような息を吐き、母は扇子を持ち直した。父は周囲に視線を巡らせ、社交界で知った顔を見つけるとさっそく声をかけにいった。

　エメラインが、ぼんやりあたりを見回した、その時だった。

「私と踊っていただけますか」

　声を聞いたとたん心臓が飛び跳ね、エメラインは背後を振り返った。

　それから何があったのか、エメラインはあまりよく覚えてはいない。母の表情をうかがってから、差し出された手に指を乗せ、舞踏室の中央に行ったはずだ。自分はちゃんとスカートを摑んで膝を折っただろうか。彼がお辞儀をしたのは、覚えている。

だが、気がつけば、彼のエスコートでワルツを踊っていた。熱い視線が絡み合い、翡翠よりなお輝く瞳から目が離せない。悲しみも、失意も、絶望も、痛みも、何もかもが消えていく。

　心の底から愛した人と踏むステップは、これまで経験したこともないほど軽やかで心地よく、夢の中にいるようだ。もしかして夢なのかもしれない。決して覚めることのない夢。覚めたくない夢。いつか覚めてしまう夢。少なくともいまのエメラインは、没落した男爵家の令嬢ではない。目の前にいる男は、エメラインがよく知っている、冷酷で温かく、気まぐれだが優しい、そばにいて誰より安心できる男性。

　彼が執事かどうかなど、もはや関係のないことだ。彼が自分を許してくれるならほかに何もいらない。ずっとこのままで――。

エメラインが、とろけるような至福の中でたくましい胸に頬を寄せようとしたその瞬間、オーケストラの演奏が鳴りやみ、ダンスが終わった。愛しい人は、エメラインの指を取って自分の唇に持っていき、情熱的な瞳で彼女を見つめた。

エメラインは、胸のつまるような溜め息をつきながら、口を開いた。

「あと一回、わたくしと踊っていただけます?」

「どうして一回なんですか?」

ルーファスが、にこやかに訊いた。その声は懐かしく、彼女の耳に甘く響いた。

「だって、ロンドンでは同じ方と何度もダンスを踊ってはいけませんもの」

それに、この先二度と華やかな場には来られないかもしれない。すべてはビースレイ子爵の裁きにかかっている。

エメラインが、溢れかけた悲しみをこらえ、切ないほほえみを浮かべた時、ルーファスが穏やかに言った。

「あなたは、これから何度も私とダンスを踊るんですよ。踊りたいと思った時にいつでも」

エメラインが何か訊く前に、紳士たちが、舞踏会のしきたりどおり、淑女の指を自分の右腕にかけて舞踏室を歩きはじめ、ルーファスも同じように彼女を導いた。舞踏室をきっちりと半周し、ルーファスがエメラインを壁際の椅子に連れて行こうとした、その時――。

廊下の向こうから騒がしい声がした。――お帰りください……、その手を離せ、無礼者っ、あなたはここへは……、私はおまえに呼ばれて……！

舞踏室にいた紳士淑女が、声のした方向に視線を移した。ソファに座っていた母も、二人の妹も、友人と話していた父も、父の友人もそちらを向いた。怒りを含んだ靴音が入り口で止まり、エメラインが目を開くと、ビースレイ子爵が憎悪と怒りの表情を浮かべて立っていた。

「ビースレイ卿……」

エメラインが片足を後ろに引き、ルーファスが彼女を背中にかばった。ビースレイ子爵の後ろに、困惑したマダム・セリネットの顔が見える。ビースレイ子爵のそばでは、四人の男が腕を伸ばし、彼の動きを封じようとしていた。四人のうちの三人はコーヴァン家に仕える従僕だ。

あとの一人は、エメラインがこの別荘で会った「オベール伯」だった。「オベール伯」はエメラインを見ようとはせず、ビースレイ子爵の前進を妨げ、彼の前に立ちはだかっていた。

「きさま、ここにいたのか。ずいぶん探したぞ」

ルーファスは、ビースレイ子爵を見て軽く目を細めたが、それだけだった。ビースレイ子爵の左頬はまだ紫色のあとがつき、黄色っぽいあざとまざって無惨な姿をさらしている。紳士たちはビースレイ子爵の振る舞いに眉を寄せ、淑女たちは不快そうに扇子で口元を隠した。ビースレイ子爵は、自分の前にいる「オベール伯」に顔をしかめ、「そこをどけ！」と怒鳴りつけた。「オベール伯」はこちらに首をひねって、ルーファスをうかがったあと、ビースレイ子爵の前から退いた。

ビースレイ子爵は、乱れたフロックコートの襟を正してから、舞踏室に居並ぶ人々をざっと見渡し、大きく息を吸い込んだ。

「お集まりのみなさま、だまされてはいけません。ここで踊っているのは、貴族ではなく、身分の低い執事です。田舎のダンス・パーティーとはいえ、執事を男爵令嬢と踊らせるなど、ロンドン社交界ではありえないことです。オベール卿がどのような方かは存じませんが、みなさまもおつき合いを考え直した方がよいでしょう」

言葉が終わるのと同時に息を吐ききり、横を向いてあごを上げ、自分のあざがその場の全員に見えるようにした。

「どうかこの顔をごらんください。これはこの男との争いでついた名誉の傷です。この男が、ヴァルゲル男爵令嬢に不埒な行いをし、助けに入ったところ、殴りかかってきたのです。オベール卿に仕える執事とのことですが、とんでもない食わせ者です」

いつのまにか舞踏室が静まり返っていた。オーケストラの奏者たちも、息をつめてなりゆきを見守っている。

まさか子爵ともあろう者が、ダンス・パーティーをぶちこわしに来るとは思わなかった。昨日からいままで大人しくしていたのは、この瞬間を見計らっていたからだろう。彼が、これほどのことをするとは考えてもみなかったから、エメラインも油断していた。舞踏室に入って、ビースレイ子爵がいないことを確認したあと、すぐルーファスに目を奪われてしまったのだ。それからさきは、彼のことなど考えもしなかった。だが、それが間違いだった。ルーファスが現れた時から、――現れる予感がした時から、こうなることを予想しておくべきだった。

エメラインの中に恐怖が舞い降りたが、それも一瞬だった。彼女は、ルーファスをかばうように一歩足を踏み出した。

「きみは、何を言っているんだね？」

そう言ったのは、エメラインではなく、以前ガーデン・パーティーを開いたダーリング伯爵だった。六十歳をこえる初老の紳士は、ビースレイ子爵の口にした言葉の意味がわからないというように眉間に深いしわを刻んだ。ビースレイ子爵は、自分よりはるかに格上の伯爵に気圧され、わずかにひるんだが、すぐ勢いを取り戻した。

「ここは、あなたのような上流階級の貴族が集まる場所のはず。それなのに、爵位のない者が紛れ込んだのです」

「いったい誰のことだ」

ダーリング伯爵が怪訝《けげん》そうに訊くと、ルーファスが、穏やかだが、力強い口調で答えた。

「こちらにいらっしゃるミスター・ビースレイです」

その場にいた全員がルーファスに目を向け、エメラインも彼を見た。ビースレイ子爵は、ダーリング伯爵が最初に質問した時以上に大きく眉をひそめ、ルーファスを見返した。

「きさまは、何を言っているんだ？」

ビースレイ子爵があきれたような顔をすると、ルーファスは神妙な声を出した。

「あなたの仰るとおり、この舞踏会は、貴族だけを招いたもの。ですので、ミスター・ビースレイ、あなたには、ここに来る資格はありません。あなたのもとに届いた招待状には、『ビースレイ子爵』と書いてあったはずですが、いまのあなたは子爵ではありませんから」

ビースレイ子爵は、――ビースレイは、ルーファスの意図が理解できないというように表情を不機嫌に曇らせ、ルーファスは、ビースレイのそばにいた「オベール伯」に視線を投げた。「オベール伯」は、黒いジャケットの胸ポケットから一枚の紙を取り出した。ルーファスは、「オベール伯」からその紙を受け取り、中を開いて、ビースレイの前にかざした。

「これは、あなたの債務《さいむ》の契約書です。あなたは、ヴァルゲル男爵家の借金を肩代わりするため、爵位と領地を担保に入れましたね。その担保を私が四日前に買い取ったのです。あなたのもとには、一両日中に借金が返せないなら、担保を差し押さえると連絡が行っているはずですが、あなたはその言葉に従わなかった」

ルーファスが、ビースレイを正面から見返した。その瞳にはどんな感情もなかったが、それゆえ口答えしがたい威圧感があった。

「私は……そんなものは知らんぞ」

「毎日ちゃんと自分宛に届く封書に目を通していましたか？」

ルーファスが、子どもに訊き返すような声音になると、ビースレイがやっと気づいたというように目を開いた。

「あれか……。だが、あんなのは嘘に決まっている……。爵位と領地を買い取るのに、どれだけの金がいると思っているんだ」

「私が一日で得る収入よりは低い額でしたよ」

舞踏室の誰もが呆然として言葉を失い、エメラインはルーファスのあごを見上げた。その輪郭にどこか見覚えがある。昔は、一所懸命背伸びをしても、まともに見ることができなかった。顔を覚えていないのは、そのせいだ。

「きさまは……何者だ……」

ビースレイが声を震わせて言い、ダーリング伯爵が不快そうな声を出した。

「ミスター・ビースレイ、残念ながら、きみはここにいるべき人物ではないようだ。いますぐ帰りたまえ」

「ダーリング卿……、あなたは私より、こんな得体の知れない執事を信じるのですか……」

「得体が知れないのは、確かだな。彼は、イギリス人だが、フランス名を名乗っている。英語もフランス語も完璧で、フランスに行けばフランス人だと思われるし、イギリスでは、生粋のイギリス人だと見なされる」

エメラインは、すぐそばにある彼の手に指を近づけ、その手をしっかりと握りしめた。ルーファスは、彼女に気づいて自分も彼女の手に指を絡めた。過ぎ去ったはずの思い出。土いじりの好きな少年は、彼女の手を優しく握りしめてくれた。いまと同じ温かさで。

ビースレイが、何も言うことができずにいると、背後にいたマダム・セリネットがとうとう口を開いた。

「もう種明かしをしてあげなさい。あなたの大好きな少女にいい加減嫌われてしまいますよ。ルーファス……、いいえ、クリストフ。——それとも、ルーファス？　本当

はクリストフかしら。どちらがいいか、自分で決めてちょうだい」

ルーファスは、マダム・セリネットに向かってどこか横柄な笑みを向けた。

「どちらでも。ルーファスは、私が子どもの頃、ここにいた時に呼ばれていた名前ですし、クリストフは養父がつけてくれたものです。私にとってはどちらも大切で、どちらも捨てることはできません」

彼は、そのあとで一言つけくわえた。

「――姉上」

エメラインは、ルーファスを見て、マダム・セリネットに目を向けたあと、またルーファスに視線を戻した。マダム・セリネットは「やれやれ」と言いたげな表情をした。

「あなたの気まぐれといたずらには、本当に困ったものだわ。でも、まあ、わたくしのことをあなたの妹だと紹介するのは大目に見てあげましょう」

ルーファスは「そうは言っていませんが」という顔をしたが、マダム・セリネットは彼を無視して、こめかみから汗を流したビースレイに瞳を移した。

「もうおわかりでしょう、ミスター・ビースレイ、彼は、オベール伯爵の執事ではありません。彼が、オベール伯爵です。オベール伯爵の執事は、あなたのすぐそばにいる男性ですよ」

マダム・セリネットがそう言うと、すぐそばにいた長身で小太りの男が黙礼した。いかにも執事然とした慇懃さで。

「さあ、あなたはどうしますか、ミスター・ビースレイ。ここにとどまって警察に連れて行かれるか、それとも自分から出ていくか。どうぞ、ご自身でお決めください」

第六章　真実の接吻は淫らに

ルーファスは、エメラインの細腰に片手を回し、彼女を軽々と持ち上げた。エメラインは、彼が少しだけ上体を反らせると、自分から彼の首筋に腕を絡め、端麗な容姿に顔を近づけた。栗色の髪は、以前はもっと黒かった。全体に短く刈っていて、貴族の紳士というよりは、やんちゃな少年だった。

いまの優雅な物腰と言葉遣い、アクセントは、すべて教育と努力のたまものだろう。身長は以前から高かったが、さらに高くなり、すっかりたくましくなった。翡翠色の瞳は変わらない。

忘れたはずなのに、一度思い出すと、どんどん蘇《よみがえ》ってくる。瞳に見え隠れする冷酷さはあの頃とは違っているように感じられるが、エメラインの前では見せなかった部分だろう。身寄りのない少年が救貧院《きゅうひんいん》で生き抜くためには、図太いほどの強靱《きょうじん》さが必要だ。それが、強引な駆け引きや押しの強さとなって開花したに違いない。何度目を凝らしても彼の輪郭すら思い出せなかったのに、いまではまつげの一本まで鮮明に覚えている。だが、ルーファスという名前だけは、浮かんでこなかった。

「あなたは、わたくしのことを最初からご存じだったのですか？」

片手で抱き上げられたままのエメラインが、ルーファスの頬に手を這わせると、ルーファスは、冷たさと情熱の両方を秘めたまなざしをした。

「知らないわけはありません」

執事だと勘違いした喋り方は、商売をする時、相手を油断させるためだ。初めは柔らかな態度で、――相手がすきを見せたら、すかさずそこを攻めていく。それが、厳しい少年時代をすごした彼が身につけた方法なのだろう。

「私は、あなたのことを毎日想っていたんですから」

彼の率直な告白を聞き、エメラインの心に驚きと多幸感が満ち溢れた。だが、あまりに突然すぎて、にわかに何も答えることができない。エメラインが彼を見つめたまま声を発することができずにいると、ルーファスは続けた。

「――そして、毎日考えていました。なぜあなたはあの時来なかったのだろう、と」

とたんに、幸せが悲しみと罪悪感に取って代わった。彼は、何年この問いを繰り返してきたのだろう。十一年間、毎日？　そう思うと胸が押しつぶされそうになった。

「私はあなたを信じてずっと待っていました。夜が来て、復活祭が終わっても。朝になっても。ですが、あなたは来ませんでした。思いつめてヴァルゲル男爵家の別荘に行こうとした時、溝にはまった馬車の前を通りがかり、木と石で車輪を外に出したんです。御者だったら誰でも知っていることですが、その時はたまたま御者がけがをしていて、従僕が馬車を操っていました。それを見て、馬車の中にいたフランス人が、自分の従僕にならないかと誘ってきたのです」

エメラインは、過去の痛みといまの自分の愚かしさを悔い、震える声を出した。

「わたくしがもっと努力すべきだったのですわ。父に閉じこめられても、がんばればなんとかできたはずです……。なのに……」

「泣くことではありませんよ。私は、あなたが来なかった理由に見当をつけていましたから。私がフランス人の誘いをすぐ受けたのは、そのためです」

ルーファスはいったん言葉を切り、熱い瞳で彼女を見つめた。

「幼いあなたは、とても優しく、無垢《むく》で、誰よりも勇敢でした。花をかばって転んだあなたを見て、私はなんとしてもあなたを手に入れたいと思ったのです。あなたの純真さは私にはないものでしたから。そして、必ずあなたにふさわしい男になって戻ってこようと決め、フランスに行きました。少なくともイギリスの田舎の救貧院にいるより、フランスに渡った方が自分の目的を果たす機会は多いでしょうから」

「あなたを従僕として雇ったフランス人が、あなたの亡きお養父さまなのですね」

ルーファスが、ゆっくりと頷いた。

「わたくしは、あなたがインドに行ったとずっと思い込んでいました」

「インドに行ったのは事実ですよ。養父の仕事の関係で、まずインドに行き、その後、フランスに移りました。養父には、爵位を継がせるための息子がおらず、子どもは姉上だけでした。悩んでいた時に、姉上が、私を養子にしてはどうかと勧めたのです」

そして、ルーファスは、高価な時計を買って贈りたいと思うほどの息子に成長した。

ルーファスは、片手でエメラインを抱いたままベッドに行った。彼女をベッドに下ろすと、波打つドレスが泡となって盛り上がる。ルーファスは、ベッドのへりに腰を下ろし、白い手袋を取ってから、頬に降りかかる白金の髪を指に絡めた。

「私はコーヴァン家の一員として迎え入れられた時、養父の曾祖父《そうそふ》の名をもらったんです。とても高潔《こうけつ》な紳士だったとか」

「素敵な名前ですわ。でも、わたくしにとっては、あなたは……」

エメラインがその先を続けようとした時、ルーファスが彼女の胸の先端をドレスの上からつまみ上げた。

「あンっ」

「残念ながら、そうはならなかったので、養父にはいつも申し訳なく思っています」

ルーファスが、すでに硬直した先端を指の腹で押し込めながら言い、エメラインは快楽に眉を寄せながら、頬を染めて彼を見た。

「でも……、マダムの目は確かでしたわ……」

ルーファスは、片方の尖りだけをしつこくいじり回し、エメラインは唇をかみしめて、甘美な痛みにたえた。彼は、ひととおり尖りをなぶってから、大きく開いた襟元に手のひらを差し入れ、コルセットに締め付けられた乳房を持ち上げて、ドレスの上に押し出した。なかなか満足できる位置まで来ないことに焦れて、背中についたボタンを二つ外し、コルセットの鯨ひげを緩め、もう一度挑戦する。五本の指をいやらしくうごめかせ、彼女にことさら淫猥《いんわい》な情欲を与えながら胸を外へと引き出し、赤い先端が顔を覗かせると、やっと満足したように片方にかみついた。

「あッ、痛い……。痛いのはだめです……!」

エメラインが悩ましい声を上げた瞬間、口全体で包み込み、舌先で軽やかに転がした。尖りが彼の舌と唇でもてあそばれると、めまいのするような心地よさがやってきて、エメラインは人差し指の甲を自分の唇に持ってきた。

「マダムのこと、わたくし……、すっかり誤解しましたわ……。あなたが、わざと誤解を招くような言い方をするから……」

よく考えれば、ルーファスは最初に彼女を紹介した時、「sister」と言っただけで、「姉」だとは言わなかった。誤解したのは、エメラインが無責任な噂を信じ、オベール伯がどんな人間か決めつけていたせいだ。だが、妹だろうと姉だろうと、マダム・

セリネットが美しい女性であることに変わりはなく、血がつながらないとなれば、過去にどんなことをしていたかしれない。そう思うと、なぜかそれが本当のことのように思えてきて、エメラインは、不安と悲しみに襲われた。

「どうしました？」

ルーファスが、赤い尖りを舌先で突つきながら訊いた。反対の尖りは、指でつまんでしごき上げ、左右にくねらせる。先端だけがもてあそばれると、胸全体が切ないような鈍いうずきを発し、ルーファスは彼女のわずかな眉の動きを察して、コルセットから顔を出した柔肉を執拗《しつよう》にもみしだいた。

「マダムにも……、こ、こんなことをなさったんですか……」

「姉上には、いつもあなたよりもっとすごいことをしています」

「もう！　そんなことばっかり……っ、ッン！」

ルーファスが、尖りをいじめているのとは反対の手でスカートの裾をめくり上げ、驚くほどすばやい動きで、その手をドロワーズの中に差し入れた。

「ああ……」

なんの予告もなく秘裂に指があてがわれると、そこは悦ぶように跳ね上がり、彼女の興奮を彼に伝えた。ルーファスは、秘裂に軽くふれるだけで、指を動かそうとはしなかったが、それだけでも快感がやってきた。だが、胸をもみ込まれ、尖りをしゃぶられ、反対の尖りをしごかれている状態で、指が何もせずにいると、切ないほどの歯がゆさがやってきて、その部位が生き物のようにうねりはじめた。内股がうごめくのは、自分の意思とは無関係だと言い聞かせるものの、決してそうではないことを彼女はすでに知っていた。エメラインが、愉悦を求めようとして背中をすくめると、ルーファスが見計らったように手を引いた。

「ああッ……」

エメラインは、悲鳴にも似た喘ぎ声を漏らし、薄く目を開いてルーファスを見た。ルーファスは透明な蜜の絡まった指先を面白そうに眺めたあと、わざとエメラインに見せつけるように自分の舌でなめ取った。

「そ……そんなこと……やめてください」

エメラインが恥じらいで声を震わせると、ルーファスは、めくれ上がったスカートから覗く膝を摑んで、遠慮なく左右に開き、内股の中心を凝視した。

「とてもおいしいものだと言ったでしょう。私はあなたのこれが大好きなのですよ。匂いも、味も何もかも」

「ンあ……」

ドロワーズの中心は縫製されておらず、脚が極限まで開かれると、無防備な格好になる。だが、だぶついた布地のせいで、恥じらいの部分はまだ見えない。ルーファスは、上体を伏せて内股に顔を近づけ、両手でドロワーズの中心を大きく開いた。

「ッ……あ」

彼の手によって、下着から大事な箇所だけが彼の前にさらされる。途方もなく恥ずかしい格好に、エメラインは顔を耳まで赤くしたが、半分は悦びのためだった。その部分だけにルーファスの視線が集中し、秘部の喘ぎも、中心のうずきも、花びらの微細な震えから彼女の淫らな期待まで、すべて見つめられている。

ルーファスは、開ききらないそこをすぐ間近で覗き込んでから、まだたりないと言うように、ドロワーズの中心を軽く左右に引き裂いた。

「あっ……、だめ！」

真っ白なドロワーズから白金の茂みが覗き、その部分にだけ色が付く。エメラインが、彼の視線をさえぎろうとして手のひらを差し出し、そこをかばうと、彼は何も言わず、彼女の手の甲を見返した。

手のひらで内股を隠している姿は、かえっていやらしく、その下で秘部がルーファスを求めてうごめくと、どうしようもなくなってきた。ルーファスが手をどけろと言えばすぐにでもそうするのに、彼は口を閉じている。熱のこもったまなざしが突き刺さると、恥じらいは欲望へと切り替わり、エメラインは、自分でも気づかないうちにそろそろと手のひらを外していた。

ルーファスは、彼女の部位がふたたび目の前に現れると、冷笑を浮かべ、そこを視線で蹂躙《じゅうりん》した。彼がドロワーズの中心で息づく秘裂を見続けると、腰が最初の高まりを得たように心地よく引き攣った。花びらが開いては閉じ、淫蜜が奥底から溢れ出す。

ルーファスはそこをひととおり視線でなぶってから上体を起こした。彼の圧迫から逃れると、エメラインは大きな安堵とわずかな寂しさを覚え、唇の隙間から「あ……」と小さな声を出した。ルーファスは、彼女の反応を無視して、彼女の腰を摑み、自分の大腿に乗せた。

「な、何を……」

ルーファスが、開いた下肢をさらに自分に引き寄せると、エメラインの秘部だけが彼に突き出される形となった。

「こんなの……恥ずかしい……」

「まだここをちゃんと確認していませんから、今日は見ておかないといけません」

「そこはもう前に見たはずです……」

彼に二度目に会った時、恥ずかしいことをさせられたのを思い出す。いまも恥ずかしいことをしている最中なのに、あの時の恥じらいは格別だった。

「今日は、あなたのここが私に合うかどうかを調べるんですよ。あなたの奥までどれだけの長さがあるか、何本指が入るか、どこまで広がるか、そういうことです。ここが狭すぎて、私のものを受け入れるのが苦痛だと困るでしょう」

「苦痛だなんて……そんなことありません！」

エメラインは、はしたないほど性急に言ったあと、羞恥で顔を火照《ほて》らせた。

「だといいのですが」

ルーファスは、さして慣れていない部位に中指をあてがい、ゆっくりともみ込んだ。エメラインの背中がわずかにこわばり、中心がびくりと収縮する。ルーファスは、入り口をほぐすようになぞり回し、エメラインの欲情を煽ったあと、いやらしく喘ぐ中心に指を差し込んでいった。溢れ返る蜜のせいで、そこは思ったよりたやすく指を受け入れ、彼が止まるたび、もっとほしいというように緩まった。彼は、彼女の深さを確かめるためだけに中指を奥底に沈めていった。彼女の最奥に到達し、手首を回して突き当たりに来たことを確かめると、少しだけ指を前後させた。

「ずいぶん奥行きがありますね。これならたいていの男のものは入るでしょう。人間以外でも入るかもしれませんね」

「人間以外って……なんですか、それは……」

「そのうち教えて差し上げましょう。ですが、今日は別のことです」

彼の言う「そのうち」が、いったい「どのうち」なのか、エメラインは不安だったが、ルーファスを追求するより早く、彼はもう一本指をふやした。

「ふあ……」

さきほどと同じようにじっくり時間をかけて、ひたすら前に進んでいく。根元まで収まると、ルーファスはさらにもう一本入れようとした。

「も、もう……それ以上……」

エメラインが泣きそうな声を出すと、ルーファスは第一関節だけを入れ、硬い入り口を広げたあと、浅い部分で振動させ、彼女に妖しい官能をもたらした。

「ずいぶん狭いですが、この間入ったのだからさして問題はないでしょう。苦痛ではないと、あなたもさっき仰いましたし」

「だ……、だったら、こんなことをしなくてもよろしいじゃありませんか……」

エメラインはうわずった声で言ったが、ルーファスは彼女を無視して続けた。

「でも、ここはやはり少しばかり大きすぎます。よほど自分でいじったのでしょう。そこが愛らしいのですが」

「ンああ……!」

ルーファスは、中心から指を抜いて、上端にある突起を強くはじいた。すでに硬直したそこは、うがつような快楽を下腹に注ぎ、エメラインはのどをのけぞらせた。

「ですから……、そういう冗談はやめてください……!」

「あなたの愛らしいここを、あの男はずいぶん堪能したんでしょうねえ」

エメラインは、今度はおびえたような顔つきになった。

「あの時なにが起こったか……、本当はご存じなのでしょう……？」

「だとしても、嫉妬してしまうのですよ。少なくともあの男は、毎日毎晩あなたのこのことばかり考えていました。実物は、あの男の想像とは比べものにならないほどすばらしいものですが。色も、味も、形も、何もかも」

ルーファスは、突起の頂上を押さえて螺旋状に回していき、エメラインは彼の指に翻弄《ほんろう》され、すすり泣くような嬌声《きょうせい》を上げた。破れたドロワーズによってその部分だけが強調され、彼の愛撫もその部分だけに集中する。エメラインの体はすでにあらゆる箇所で愛欲を覚えるようになっていたから、そこだけの刺激はかえって苦しく、自分でも気づかないうちに全身をくねらせ、懸命に彼を誘っていた。

「だ……、誰も……こんなところのことは……、か、考えていません……」

「私は考えていますよ、あなたのここのことをいつも。どうやって可愛がるか、どうやっていじめるか、どうやって悦ばせるか、どうやったら悦ぶか――」

ルーファスがいやらしい目で彼女を見たが、それは少しも不快ではなかった。むしろそんな風に思ってもらえることがうれしくてたまらない。愛する人に求められる幸せは、なにものにもかえがたい。だが、幸せに満たされると、苦しみもやってきた。

「あなたは……最初に会った時、どうして本当のことを仰ってくださらなかったんですか……。わたくしの誤解をすぐ正してくだされば……、わたくし……、あんな……」

ビースレイとのおぞましい行いも、ルーファスへの思慕に対する悲しみも感じずにすんだのに。

そうは思ったが、すぐさまそれらが苦痛だけをもたらしたわけではないことに気がついた。ビースレイとの行いは、ルーファスへの愛を再確認させ、むくわれない愛への悲しみは、彼への愛情を強くした。もはや誰にも止められないほど。

だが、止める者はいまやどこにもいないのだ。

「正したくはなかったのですよ、少なくともすぐには」

彼は、そう言って、突起をいじりながら、秘裂に指を行き来させた。彼の指先はいつも以上に官能に満ち、エメラインは妖美な愉楽を体中で感じ取った。

「どうして……ですか？」

「私は、あなたに初めて会った時から、ずっとこういうことをしたいと思っていたのです。幼いあなたは、とても清らかで、誰よりも無垢でした。そんなあなたを自分の手でけがすことができれば、どんなに幸せだろうといつも思っていましたよ。そうしたら、あなたがそのチャンスをくれたのです。予定より早く、偶然再会した時に。あの時、あなたは許しがたいことに、私の顔をすっかり忘れて、しかも、別の男に股を開く方法を教えてくれと言ってきたのです。私が、おしおきしたくなるのは当然でしょう？」

ルーファスが、彼女の不義《ふぎ》を責め立てるように、二本の指を中心に差し込み、大きく開こうとした。だが、そこはあまりに狭く、指ではさして開かなかった。

エメラインは、喘ぎ声を呑み込み、潤んだ瞳で彼を見た。

「……を開くだなんて……、わたくし、そんな言い方はしていません……」

「言い方は違っても、内容は同じです」

ルーファスの指が、秘裂をすみずみまでなぶっていく。いやらしい動きは、エメラインをめくるめく世界に誘い込み、彼女は恥ずかしい格好をしていることも忘れ、艶《なま》めかしい声を漏らした。ルーファスは、開いた手でドレスを着たままの体をくまなくくすぐり、彼女の望む悦びをいたるところに与えていった。

「あなたは……わたくしをけがしてはいらっしゃいませんわ……。だって……」

エメラインが言葉を続ける前に、ルーファスが言った。

「では、今日はあなたをたっぷりけがすとしましょう」

「ルーファス……！」

エメラインは真っ赤になったが、ルーファスはやめなかった。

「手始めに、私の顔をまたいでもらいましょうか」

「な……なんでしょう……？」

「私の、顔を、またぐんです」

ルーファスが、嫌味なほどゆっくりと言い、彼女の膝の近くに頭をおいて、仰向けに寝転んだ。エメラインはどうしていいかわからず、全身を硬直させた。

「私の言った意味が理解できていますか？」

「よく……わかりません……」

「こういうことです」

ルーファスは、開いたままの彼女の脚を摑んで、自分の上に乗せるように引きずり寄せ、彼女の内股に前方から顔を入れようとした。

「いや……、だめ、そんなのだめです！」

エメラインは、ドロワーズから露になった部位をスカートとともに手のひらで押さえ、ルーファスから退こうとしたが、彼は彼女の脚をしっかりと摑んでいた。ルーファスの目が、彼女の瞳を下方から覗き込んでいる。エメラインはその光を見て、スカートを押さえたまま、こわごわ訊いた。

「ほ……、本気ですか……？」

「もちろん」

エメラインはしばしそのまま動かなかった。ルーファスも彼女を見たきり動かない。どちらかが動かなければ、何も始まらないし、終わらない。となれば、どちらが動くかは決まっている。エメラインは、仰向けになったルーファスに哀願した。

「目を……つぶっていていただけますか……？」

「いやです」

エメラインは泣きそうな顔になったが、ルーファスの表情は変わらない。体の奥底はもぞもぞとうごめき、悦びを待っている。いまの自分は、胸元を大きく開いてコルセットから胸をはみ出させ、スカートの裾をめくり上げて、ドロワーズの中心から淫らな部位をさらけ出しているはしたない女だ。何もかもを脱いでいるのならまだしも、こんな格好は上流階級の淑女がするものではない。いや、上流階級でなくてもしないだろう。ルーファスには、もうそこは何度も見られているし、さきほどは見られる以上のことをされた。いまは、その時の態勢が少しばかり変わるだけのことだ。

エメラインは、熱心に言い訳をし、恥じらいを押し殺してルーファスの体の脇に手をついた。四つん這いになり、彼の足下を目指してゆっくりと進んでいく。スカートがルーファスの顔にかかると、彼は視界が悪いとでも言いたげに長いスカートを自分の頭上へとたくし上げた。

熟れた中心が波打ちながら彼を求め、淫らな蜜は大腿にまで滴っている。エメラインは、ずいぶん時間をかけて自分の部位を彼の顔にまで持っていった。固くまぶたを閉ざし、これまでになく激しい羞恥から、少しでも注意をそらそうとする。秘裂にルーファスの双眸を感じると、快感が下腹を貫き、愛蜜が奥からこぼれ出た。

「これから……、どうするんですか」

「私じゃなくて、あなたがするんです。私の顔に腰を下ろしなさい」

エメラインはさすがに驚いて、首をひねりルーファスを見ようとしたが、彼の顔はスカートの陰になっている。エメラインは、むだだとは思いつつ、抵抗をこころみた。

「でも、そんなことをしたら……」

「早くしなさい」

「はい……」

ルーファスに一喝され、消え入りそうな返事をする。エメラインは彼の命令に従って、遅々とした動きで彼の上に腰を下ろしていった。秘裂に、ぬるりとした感触があたり、反射的に腰を上げ、しばしそのまま動かなかった。

「いまのは……なんですか」

「舌ですよ。ほかに何もないでしょう。なめてあげますから、早くあなたのはしたない部位を私の口に持ってきなさい。あなたのここからは、さっきからよだれが滴って、私の前に垂れ下がっているんですよ。こんないやらしいものを見せて、いまさら何を気にしているんですか？」

エメラインは、顔を真っ赤にしたまま彼の言葉にたえた。そこが、蜜をたらしているのは本当だ。そして、彼の前で秘裂は激しく悶えている。エメラインは、深呼吸をしたあと、思い切って彼の顔に腰を下ろした。

「ンぁぁッ……！」

唇があたった瞬間、その柔らかさと心地よさに驚き、もう一度腰を上げかける。ルーファスが、彼女を逃すまいとして下肢を抱きしめ、情熱的な部位にかぶりついた。

「ああ……、ぁああ……！」

食べるような勢いで秘裂に接吻し、唇全体を動かして、その部位をしゃぶっていく。彼は、秘裂を激しく吸い込んだあと、舌を出して大きくなめ上げ、秘裂をいやらしく吸い込んだ。指とはまったく違う唇の感触は、気の遠くなるような快楽を放ち、体中が彼の舌の虜になる。右の花びらをなめ、左の花びらをかじり、右の花びらの溝を舌先でえぐり、左の溝をちろちろとくすぐると、あらゆる欲望が掘り起こされ、鮮烈な歓喜が舞い降りた。ルーファスは、秘裂のふちにそって舌先を這わせてから、縦に割れた部位を丹念にしゃぶっていく。犬が水を飲むような音がスカートの中から響きわたり、エメラインは恐怖にも似た愉悦を覚えた。

ルーファスが、舌を左右にうごめかせながら、秘裂の形に合わせて唇を移動させ、後方のくぼみにまで到達する。その中心を舌先がとらえると、エメラインはこれまでとは違った高さの声を上げた。

「そ、そんな……ところまで……、あっあっ、ああっ……」

くぼみをくすぐられると、めまいのするような熱情が訪れ、下腹が自然と揺らいでいく。ルーファスはひととおりそこをなぶり回してから、また前に戻り、蜜を流す中心に舌を差し入れた。舌先は決して奥深くをとらえることなく浅い部分だけをえぐり、突き、くすぐり、またえぐる。エメラインは、そこからもたらされる淫悦にこらえがたい愛欲を覚え、いつしか恥じらいを忘れて賢明に腰を動かしていた。

すぐそばに圧迫を感じて目を開くと、ルーファスがズボンのボタンに片手をかけている。そこは、エメラインのすぐ間近にあり、すでに高く盛り上がっていた。反対の手でエメラインの腰を押さえているため、彼はなかなかボタンを取ることができない。エメラインは、瞳に切ない光を滲ませると、彼の手を押し退けるようにしてボタンを外し、灼熱の杭を取り出した。何度見ても大きなそれは、体の中心で高々と天を貫き、勇壮なたくましさを誇っている。エメラインは、片手で幹を摑んでしごき上げ、もう片方の手で先端を包んでもみ込んだ。

何度も杭を擦って手のひらで十分堪能したあと、根元に淫らな接吻をし、上部に向かってなめ上げていく。張り出した部位のくびれに達すると、周囲にそって這わせ、先端を咥えこんだ。同時に、秘裂をしつこくなめていたルーファスが、上端の突起に吸いつき、エメラインは危うく彼に歯を立てかけた。

「あふう……」

目のくらむような強烈な快感が、突起を通してやってきた。体の中で一番敏感な部位が責め上げられると、腰がとろけそうになる。ルーファスは、突起のいただきを舌の腹でなめたあと、舌先で押さえてくねらせ、側面をなぞって、付け根をえぐった。

どこをどういじられても、これ以上ない悦びがやってきて、彼女から恥じらいを奪っていく。エメラインが、突起の愛撫に酔いしれていると、ルーファスが彼女のあごを掴んで、自分の腰を勢いよく突き上げた。

「ンあぁっ……」

のどの奥に先端が突き刺さり、大きくむせ返ったが、ルーファスが下腹の動きを止めると、自分から奥深くまで咥え込んだ。

エメラインが舌先で先端をいじると、ルーファスが突起のいただきをくすぐり、彼女が幹に唇を這わせると、彼が側面をなめ回す。彼女が、片手でしごき上げながら根元を舌でつつくと、彼は口内に含んで舌で突起をもてあそんだ。

エメラインが、ルーファスを唇に感じながら、恍惚《こうこつ》とした波に漂っていると、ルーファスが包皮をむき、直接、粒を吸い込んだ。

「あっ、はぁあ！」

今度は本当に腰が砕けた。淫蕩な愉楽のあまり、エメラインは膝の力を失ってルーファスの顔に座り込み、ルーファスは、彼女が自分の上に乗り上がると、さらにきつく突起を吸い込んだ。もはやルーファスを唇で愛撫するゆとりはなく、彼の腰に頬をすり寄せるだけだ。すぐ間近に太い熱杭がそそりたち、彼女を威圧するようにそびえている。エメラインはかろうじて舌先を出し、脈をなぞるように舌先をくねらせた。

ルーファスが、突起を突き、転がし、吸い、また、突きながら、指先を一本、ひくつく中心にくぐらせる。さらにもう一本入れると、限界だった。彼がすばやく指を抜き差ししてから奥底を貫き、唇で突起を激しく吸い上げると、いなずまのようなしびれが首の後ろを駆け抜け、彼女は歓喜の楽園に到達した。

「あぁあ……！」

エメラインは、情熱に満ちた甘い声をほとばしらせ、下肢をつっぱらせて何度も腰を痙攣させた。彼が吸い上げている間、高まりはたえまなくやってきて、決して果てることはない。ルーファスはしつこいほどにそこを刺激し、エメラインはとうとう彼に懇願した。

「ルーファス……、もうだめ……。それ以上は……、や、やめてください……」

彼女が疲労しきった声で喘ぐと、ルーファスがやっと顔を外し、彼女の腰を自分の脇に横たえた。うつ伏せになったエメラインは、ぼやけた瞳でルーファスを見返し、ルーファスは、エメラインのスカートの中からのろのろと上体を起こした。

エメラインは、忘我《ぼうが》の境地を行き来しながら陶然とした息を吐き、自分の中の悦びを最後までかき集め、ルーファスの首筋に抱きついて唇を近づけた。彼女が口づけしようとした瞬間、ルーファスが彼女の唇を人差し指でさえぎった。

「こんな格好ではいけませんよ。もう少しお上品にしないと育ちのよい淑女とは言えません」

「ルーファス……」

自分のあられもない姿はわかっているが、もうそんなことはどうでもいい。だが、ルーファスはその先を続ける気はないらしく、エメラインの体は我慢できなくなっている。エメラインは、ベッドに座り込んだまま、ドレスの背中についた真珠貝のボタンを外し、コルセットの鯨ひげを緩め、全身をくねらせながら、衣を脱ぎ捨てていった。真っ白な裸体が現れると、ルーファスは満足そうに頷いた。

「ルーファス……」

エメラインはもう一度彼の名を呼んだ。彼は軽く眉を上げ、彼女に問いを促した。

「わたくし……、まだ、その……」

そこまで言って声をつまらせたが、恥じらうことなどどこにもない。エメラインは、芳香のような色香を立ち上らせながら、ルーファスに近づき、彼の瞳を覗き込んだ。

「わたくし、まだあなたを見ていません……。あなたのすべてを……まだ一度も……」

最後は、ほとんど声になっていなかった。肌を火照らせながら、ルーファスの機嫌をうかがうと、彼は、「どうぞ」と言うように彼女に向かって首を傾いだ。

エメラインはためらいを呑み込んでから、黒いフロックコートに手をかけた。ベスト、クラヴァット、シャツ、ベルト……。熱欲の余韻にさらわれながら、震える手で彼の服を脱がせていく。彼がしたことと言えば、エメラインがズボンを下ろす時に立ち上がったことぐらいで、あとはすべてエメラインに任せた。彼の服を最後まではぎ取ると、ギリシア時代の彫像かとまごうみごとな体軀が現れた。厚い胸筋、盛り上がった腕。男性の体を見るのは初めてだが、エメラインは、ルーファスを見て秘部のうずきと心のうずきの両方を感じた。

「私はもう我慢できませんよ」

「わたくしも……」

エメラインは、彼の首筋に腕を絡め、自分から接吻した。どちらからともなく舌を絡ませ、吸い、かみ、顔をねじってさらに深く求めていく。ルーファスがエメラインの乳房をもみしだき、指先で胴部をなぞっていくと、彼女は間近で彼を見つめた。

「ルーファス……、わたくし、どうしたら……」

「自分から入れてごらんなさい。もうできるはずですよ」

ルーファスがふたたびベッドに寝転ぶと、下腹からその部分だけが屹立《きつりつ》し、エメラインを威圧する。エメラインは、さしたる躊躇《ちゅうちょ》もなく、彼にふれて腰を上げ、秘裂を彼にあてがった。うっとりするような硬度が彼女の内部に伝わったが、どうしていいのかわからない。エメラインが迷っていると、ルーファスが上体を起こし、彼女を軽く横たえてから、彼女の片足を持ち上げ、大きく開いた内股にゆっくり自分を差し入れた。

「ンっ、ンっ、ンンっ……」

すっかり充血したそこは、ルーファスを待ち望むように緩み、彼が少しでも引こうとすると強くしまって、押し進めるとまた緩んだ。まだこの行為は二回目なのに、体はすべてを知っている。ルーファスが根元まで沈めると、彼女とつながったまま、もう一度仰向けになって寝転がり、彼女を自分の腰に乗せた。

「あぁあッ……！」

エメラインは、両膝を立てて脚を開き、ルーファスの上に座り込んだ。下方に目を向けると、つながった部分がはっきりとわかり、彼の脈も、自分のうねりも見ることができる。自分の体重で彼が奥深くまで沈み、エメラインにこの上ない充足感とこらえがたい愉悦をもたらした。エメラインは、自分の内部に彼の形を感じ取ると、なまめかしい溜め息を漏らした。

「早く動きなさい。私はもう我慢できないと言ったはずですよ」

「は、はい……」

ルーファスの言葉に従って、エメラインは本能の赴くまま静かに腰を前後させた。まだ体はぎこちなく、下腹はずいぶんと硬い。懸命に腰を揺らめかせても、ルーファスがしてくれた時ほどよくはならなかったが、動きに合わせて快楽が変わると、その感覚に導かれるように、次第に自分が変わっていった。

律動がなめらかになるごとに、淫猥な快感が彼女の中に溢れていく。渇ききった砂地に水が注がれるように、彼女の空白は満たされていき、彼女は自分の欲望に任せて、どんどん動きを速めていった。少し位置を変えるだけで思いもよらない焦熱が燃え上がり、いままで知らなかった悦びが花開く。もう自分にはルーファス以外になく、ルーファスには……。

ふと、エメラインの中にわずかな不安がやってきた。彼はこの部屋に入った時、エメラインを毎日想っていたと言ったが、もしかしていまは違うのかもしれない。たとえば、別の美しすぎるほど美しい女性が、彼の心を占めているとか……。

エメラインの中に言いしれぬ闇が広がった時、ルーファスがエメラインの腰を強く摑んで下方から突き上げ、彼女からすべての思考を奪い取った。

「あぁっ、あっ……」

彼の動きは荒々しく野生的で、冷静かと思えば乱暴になり、ぞんざいになったかと思うと丁寧になる。何が本当で何が真実かもはやわからないが、きっとすべて真実な

のだ。エメラインの体は、彼が突き上げるごとに浮遊感を増していき、やがて白熱の塊がどこからかやってきた。その塊は、彼の激しさに合わせて大きくなり、彼が奥底を貫いた瞬間、まばゆいばかりの閃光となって彼女の眼前ではじけ飛んだ。

＊＊＊

エメラインは、たくましい裸体に頬をすり寄せ、快い官能の余韻を感じていた。ルーファスは、彼女の脇の下に手を差し入れ、乳房をもてあそんでいる。自分では貧弱だと思っていたが、ルーファスにとってはちょうどいい大きさらしく、彼は気に入ったおもちゃを離さない子どものように、しきりと胸をもみしだいた。

エメラインは、さきほど感じた不安を思い出した。ほんのわずかな疑念なのに、考えれば考えるほど深刻さが増していく。エメラインが息苦しさにたえきれず、ルーファスの胸のくぼみに入り込むと、ルーファスは彼女の変化にすばやく気づき、質問の合図だというように胸の先端を軽くつまんだ。

「あっ……」

エメラインはわずかに背中を反り返らせ、ルーファスのあごを覗き込んだ。ルーファスは正面を見ていたが、彼女がそのままでいると少しだけ目を向けた。

「復活祭はもうすぐです……」

エメラインは小さな声で言い、ルーファスを上目づかいにうかがった。

「こんなことを訊くのは淑女としていけないことなのはわかっていますが、その……」

エメラインはいったん言葉を止めてから、思い切って口を開いた。

「こ……、子どもの頃の約束を……実行してくださる気は、……あるのですか?」

「ないかもしれません」

ルーファスが意地悪げに即答し、エメラインは少し頰を膨らませたあと、一番気になっていることを正直に切り出した。

「あなたは、サーシャに求婚するって言ってらっしゃったんですもの……」

エメラインが泣きそうな顔になると、ルーファスがこれまでとは異なる困ったような笑みを作った。

「まったくどこでそんな話が出てきたのか、本当にわかりませんでしたよ。執事から、あなたのご友人がミス・キャラガーだと聞いて、やっと思い出しました」

「あなたは……、サーシャのことを、お相手がいなければ花嫁に迎えたいと言ったそうではありませんか」

「私は、初めて会った女性には必ずそう言うんです」

ルーファスがあっさり答え、エメラインは怒って彼をにらんだ。

「それは女性を傷つける行為ですわっ。あなたの言葉で、何人の女性が恋人と別れたと思っているのですかっ。なんてひどい！」

「少なくとも、ここまであからさまな勘違いをする方はいませんでしたよ」

エメラインは勢いを失い、小さな声で訊いた。

「……ですが、あなたは、ミスター・キャラガーに、復活祭の時、心に決めた女性に求婚するって仰ったとうかがいました」

「そのつもりですが？」

エメラインは一瞬口ごもったあと、焦った口調で続けた。

「ミスター・キャラガーに、その女性はいまヒースの丘で花壇の手入れをしているって言ったって……」

「はい」

「それに、ミスター・キャラガーが、その女性は自分の知ってる方かとお訊きしたら、あなたは彼によくご存じのはずだって仰ったんでしょ！」

「違いますか？」

エメラインはしばしの間呆然とし、ルーファスの言葉をひとつずつ確認していった。

復活祭の時、心に決めた女性に求婚すること。その女性はヒースの丘で花壇の手入れをしていること。そして、ミスター・キャラガーのよく知っている女性……。

サーシャは花壇の手入れなどしない。そのことをこれまでなんとも思ってはいなかったが、サーシャは花壇の手入れはしないのだ。そして、ミスター・キャラガーは、大嫌いなヴァルゲル男爵の娘であるエメラインをとてもよく知っている……。

ミスター・キャラガーの勘違いは、確かにこうして聞いてみると、あまりにもばかばかしい。エメラインは、何もかもを理解して、安堵とも喜びともつかぬ息を吐いた。少し経つと、至福の波がこみ上げてきて、ルーファスにいっそう体をすり寄せた。

ふと、サーシャのことを思い出し、ぼんやりと呟いた。

「サーシャの愛する人は、いったい誰なんでしょう。あなたのことがなかったとしても、絶対結ばれない方って……」

自分はこんなに幸せなのに、彼女はまだ苦しみの中にいると思うと胸が押しつぶされそうになる。サーシャは苦しくないと言うに違いないが、恋人とともに苦しむ幸せなんて見たくない。

「むずかしく考えなければ、すぐわかるはずですよ」

ルーファスが思いがけないことを言い、エメラインは彼に顔を近づけた。

「まさかご存じですの？　サーシャのことなんて、ほとんど知らないはずでしょう？」

「ミス・キャラガーが、絶対結ばれないと思い込む相手など、一人しかいません」

エメラインは、ルーファスの言葉を聞き、大きく息を呑み込んだ。

どうして気づかなかったのだろう！　ルーファスの言うとおり、サーシャとは結ばれない男などデニス以外にありえない。

「お兄さま！」

まじめなデニスと慎ましいサーシャ。これほど似つかわしい二人はどこにもいない。別荘にいる間、サーシャが部屋にこもっていたのは、デニスと逢瀬《おうせ》を重ねていたからだろう。そして、デニスが外に出なかったのも……。

「わたくしったら、なんて愚かなのかしら……。お兄さまもお兄さまよ！　サーシャとは大親友なんだし、相談してくれれば協力したのに。だいたい二人ともわたくしに隠す必要なんてないはずよ」

「あなたを巻き込みたくなかったんでしょう。二人ともあなたのことが大好きだから、今回は二人だけで解決したかったのですよ」

「でも……」

エメラインは、不満げに唇をとがらせたあと、眉間に憂鬱を滲ませた。

「確かにむずかしいかもしれませんわ。お父さまたちの仲が悪いのは事実ですもの。サーシャがすでにお兄さまと結ばれたなんてミスター・キャラガーが知ったら、お兄さまがどんな目に遭うか……」

「きっと幸せな結婚ができるでしょう」

ルーファスが簡単に言い、エメラインは彼のあごを覗き込んだ。

「どうしてですの？」

「二人を結婚させる以外、どうしようもないから。ミス・キャラガーが思いつめたのは、私のことを誤解したからです。誤解がとけたいま、ミスター・キャラガーは怒るでしょうが、自分の早合点のことを考えたら、そう怒ってもいられませんよ」

「あなたが誤解されるようなことを言ったのが間違いなんです。今後、一度と初対面の女性に、花嫁にしたいなんて言ってはいけません！」

エメラインが、子どもを叱りつけるように言うと、ルーファスは面白がるような口調になった。

「では、初対面じゃない女性にも言いません」

エメラインは、その言葉の意味を少し考え、慌てて訂正した。

「本当のことは言っていいんです！　だから……」

彼の言葉を待ち望むようなまなざしをすると、ルーファスは、少し冷たくて、とても優しい笑みを向けた。

「復活祭の日に、私に会っていただけますか？」

「それは……求婚だと思ってよろしいの？」

「来ていただければわかります」

エピローグ

エメラインは、手入れのされていない木々の中にたたずみ、頭上を見上げた。初夏の緑は太陽を浴びて輝き、木漏れ日は彼女の前で美しくきらめいている。あたりには蜜蜂が行き交い、色とりどりの花が咲き誇っていた。花びらの数も、大きさも、色も違うが、花の名前はひとつだった。

今朝、ミスター・キャラガーとエメラインの父がいる前で、デニスはサーシャの手を取り、自分たちはすでに結ばれたこと、結婚を認めてもらえないなら、自分は爵位を捨てヴァルゲル男爵家を出ること、サーシャは修道院に入ることを淡々と告げた。

デニスが、自分たちの決意を話しおえると、父は不機嫌なうなり声を上げた。すでにルーファスから、自分の勘違いを知らされていたミスター・キャラガーは、しばしの間、表情を曇らせたが、結局はサーシャを抱きしめた。サーシャの目から喜びの涙がこぼれると、父はあきらめの吐息を漏らし、自分もデニスを抱擁《ほうよう》した。

父たちが二人のことを認めたのは、二人が心の底から愛し合い、誰にもその仲を引き裂くことができないと気づいたからだ。けれど、エメラインの父に関しては、エメラインがルーファスと、――オベール伯と結婚することも大きな要因だったのだろう。エメラインがオベール伯爵夫人になるなら、デニスが裕福な貴族の令嬢と結婚する必要はない。

別荘の庭には、ウサギをかたどったチョコレートや色づけした卵、仔羊のローストが並び、若い夫婦の誕生を祝うにはふさわしい一日だ。父とミスター・キャラガーは、乾杯の時も、そのあとも、互いを見ようとはしなかったが、サーシャとエメラインは、そんな二人を見てほほえみ、自分の幸せと親友の幸せを喜び合った。

エメラインが、中庭をあとにしたのは、デニスがサーシャの手を取って指輪を差し入れたのを見たあとだ。過去をたどっていくのは、思ったよりずっと簡単で、アネモネの花畑を見た時には、懐かしい記憶が鮮やかに蘇った。

背後から靴音が聞こえると、エメラインの唇に自然と笑みが浮かび上がる。

彼女は、決して振り向かず、彼が隣に立つのを待った。

「あなたのアネモネは、ここにあります」

言葉とともに、エメラインの前に小さな箱が差し出される。その中には、紅玉と真珠と紫水晶で三つのアネモネをかたどった金の指輪が入っていた。

「赤いアネモネは『君を愛す』、白いアネモネは『真実』、紫色のアネモネは『あなたを信じて待つ』。これが、私のすべてです。――私と結婚していただけますか」

かつて花言葉を教えてくれた少年は、彼女の知らない、少し冷酷で気まぐれな、また彼女の知っている、優しくて温かい青年となって、彼女の前に戻ってきた。

ルーファスは、指輪を摑んでエメラインの手を取り、返事を待った。エメラインは、三つの花がついた指輪を見て、わずかに瞳を揺らがせた。

「もしかして私は振られるのですか？」

ルーファスが眉を上げて冗談ぽく言い、エメラインは小さく口を開いた。

「わたくし、あなたを信じて待つことができませんでしたわ……。いいえ、信じるなんて、思いもつかなかったのです。紫色のアネモネはわたくしにはふさわしくありません」

彼女が沈んだ声で答えると、ルーファスがほほえんだ。

「信じて待つのは、あなたではなく、私ですよ。私はあなたが復活祭に来ることをずっと信じて待っていました。昔も、いまも。そして、あなたは来たんです」

「いま待っていたのは、わたくしです」

「私は、木の陰に隠れていましたよ。あなたがなかなか来ないから、またすっぽかされたかと思いました」

「そんなこと、するわけがありませんわ！　少し遅れましたけど……、お父さまとミスター・キャラガーが、なかなか握手してくださらなかったんですもの」

「どうなりました？」

「握手はなしでしたけど、怒鳴り合いもありませんでした」

「それはいいことなんですか？」

「すばらしい進歩です。二人が抱き合って接吻する日も、そう遠くはありません」

エメラインは、ルーファスに向かって左手の甲を差し出し、翡翠色の目を見上げた。

「わたくしの答えは、イエスですわ。ほかに言うことはありません」

ルーファスが、彼女の手を取って薬指に金の指輪を差し入れた。エメラインが接吻を期待してつま先を伸ばすと、ルーファスが人差し指で彼女の唇をさえぎった。

「それはまたあとで。まずは私の邸に行きましょう。私の義兄がフランスから来ています。あなたを紹介しなければ」

エメラインは不満そうな顔をしたが、ルーファスの言葉を聞いて眉を寄せた。

「義兄……？」

「姉上のご夫君ですよ。復活祭に合わせて、こちらに来たんです。休暇が終われば、二人でフランスに戻ります」

「マダムは、結婚なさっていましたのっ？」

「当たり前です。遠い親族なので、姓が一緒なんです。さあ、行きましょう」

「だめ、待って！」

エメラインは、ルーファスの手を引き寄せ、すばやく彼に接吻した。ルーファスがわずかに目を開き、エメラインはこれ以上ないくらい幸せな笑みを滲ませた。

「わたくし、接吻の方法は知っていますのよ」


——了——

こんにちは、麻木未穂です。

初めましての方は、初めまして。

わたしをご存じの方も、ご存じでない方も、本作を手に取っていただき、ありがとうございます。


本作は、一九世紀後半、ヴィクトリア朝時代のイギリスが舞台になります。まだ社交界シーズン前なので、ロンドンが中心ではありません。

作中で「復活祭」が出てくるのは、その後に本格的な社交界シーズンが始まるからです。

また、作中で、自分のことを、エメラインが「わたくし」、サーシャが「わたし」と言っているのは、身分が違うから。

サーシャは労働者階級なので、社交界にはデビューしていません。


……という階級社会が色濃い時代のイギリスのお話。

それはさておき。

この作品に関して、わたしが思い浮かぶのは、担当編集者さま（以下、編集さん）に大変ご迷惑をおかけしたことです。

編集さんはものすごくラブリーな声で、わたしがどんなことをしても、にこやかに対応してくださるのですが、きっと電話を切ったあと、罵声と怒号が編集部中に響いているに違いない……。

編集さんに電話したとき、別の方が出て、わたしの名を名乗った瞬間に「うぷぷ」て吹き出した（ように聞こえた）のは、きっとわたしが迷惑をかけるたび、編集さんが編集部中に響き渡る声で罵詈雑言を放っているからに違いない……。

という妄想をいだいてしまうほど、ご迷惑をおかけしてしまいました。

この場を借りて深くお詫びいたします。

また、周防佑未先生にはすばらしいイラストをつけていただきました。

エメラインはもちろん、ルーファスのかっこよさにはめまいがしました。わたしの数々の不手際により、周防先生にもご迷惑をおかけしてしまいました。

声がラブリーでいつも優しく接してくださった編集さんをはじめ、本作の刊行に携わってくださったすべての方々に感謝いたします。

またお会いできる日を楽しみにしています。

麻木未穂　拝

乙蜜ミルキィ文庫をお買い上げいただきありがとうございます。

この本を読んでのご意見、ご感想をお待ちしております。

〒162-0825　東京都新宿区神楽坂6-46　ローベル神楽坂ビル4F
リブレ出版(株)内　編集部

リブレ出版WEBサイトでは、本書のアンケートを受け付けております。

サイトにアクセスし、TOPページの「アンケート」から該当アンケートを選択してください。

ご協力お待ちしております。


「リブレ出版WEBサイト」http://www.libre-pub.co.jp

乙蜜ミルキィ文庫

愛蜜の誘惑をあなたに
伯爵家のプライベートレッスン

2013年11月14日　第1刷発行

著者　麻木未穂

発行者　太田歳子

発行所　リブレ出版株式会社
〒162-0825 東京都新宿区神楽坂6-46
ローベル神楽坂ビル
電話　03-3235-7405(営業)
03-3235-0317(編集)
FAX　03-3235-0342(営業)

印刷・製本　株式会社暁印刷

Printed in Japan　ISBN 978-4-7997-1399-0